人生は旅

——生きる知恵を学んだ
インド、アメリカ、イスラエル、日本など

後　恵子

人生は旅

生きる知恵を学んだ
インド、アメリカ、イスラエル、日本など

人生は旅 * Contents

Chapter 1
インド ――生きるということ

Chapter 2
アメリカ ――未知の可能性を求めて

Chapter 3

イスラエル ――ユダヤ暦五七四二年の地で

Chapter 4

トルコとエジプト ——不自由なイスラム式トイレ

Chapter 5

世界を巡って、日本で考えて

写真撮影　著者

Chapter 1

インド
――生きるということ

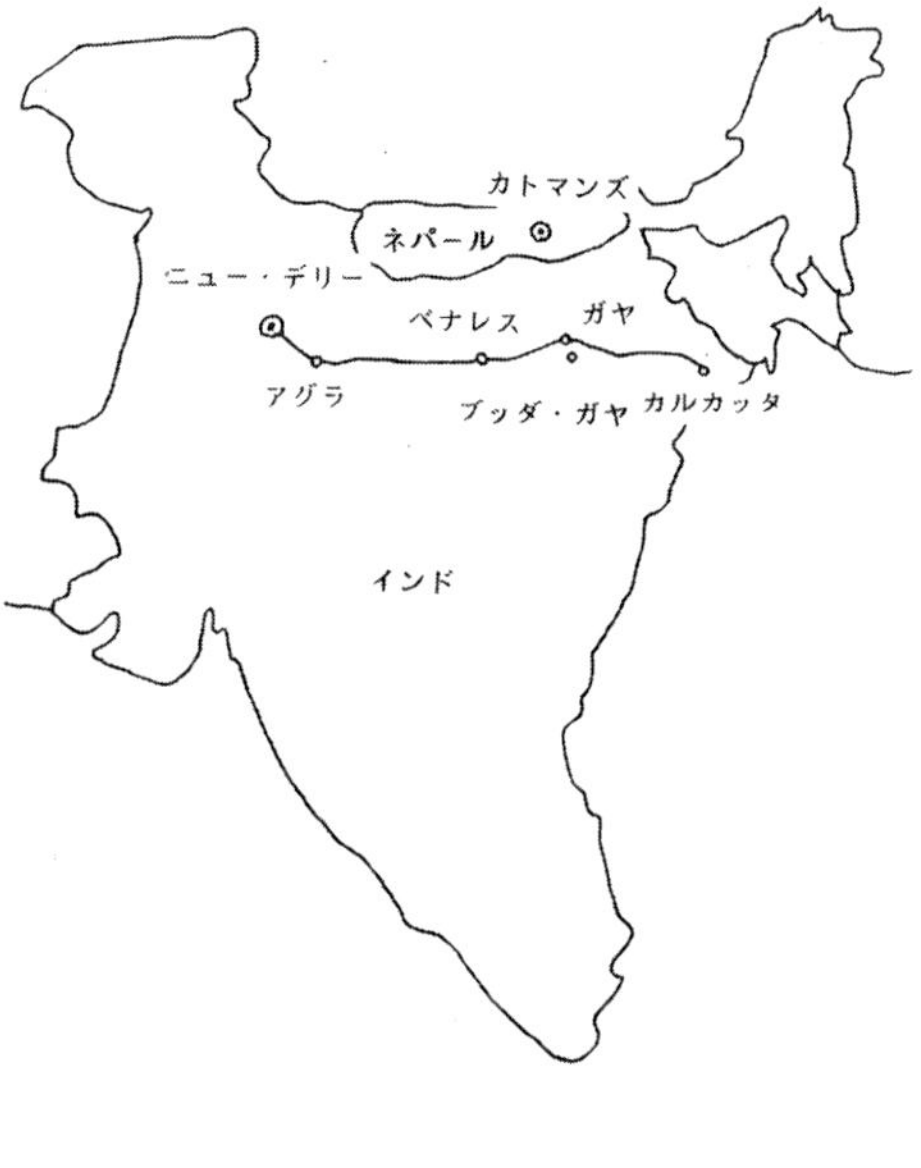

ニューデリー ― 驚きと溜め息の旅の始まり

「ああいう生き方もあるのか」

インドを旅した画家の友人が言った一言で、今年の夏はインドへ行くことに決めた。

仏教発祥の地であり、ヒンドゥー、イスラム、キリスト、拝火教等、宗教は多種多様の国である。インド・ヨーロッパ語族の原祖サンスクリットの発祥地でもあり、西洋と東洋の接点ともいえるインドは、一度行ってみたいと思っていたところだ。


「何たる汚さ」

ニューデリー駅前の露店と、その周辺に座ったり物乞いをしている人たちを見て、口に出た言葉といえばそれだけだった。デリーの後、アグラ、ベナレス、ガヤ、カルカッタと列車で下って行ったが、その印象はますます強烈になるばかり。

牛がプラットホームを自由に闊歩して、夜にはそこで、人間が毛布のようなものを敷いて寝ている。寝ている人たちをけとばさないよう、踏まないように歩いていく。夜遅くまでホームを歩いている人は多く、掻き分けるように前進する。

列車に乗れば窓は鉄格子で、まるで囚人護送車のよう。窓から人の出入りはできないから安全であると言われれば安心はするが、楽しい旅という雰囲気ではない。

年配の日本人にそのことを語ると、日本の戦後間もなくのころも、列車の窓に板を張り付けていたというから、貧しかった日本も似たようなことをしていたのかと、当時の日本像とだぶらせてみる。

「これがエアー・コンディションの一等車だって？」

天井を見ると、真ん中に扇風機が四台あり、各扇風機は一か所を向いたままなのだ。

ああ、これもひとつの生活と思えば、興味がわかないでもないが、驚きと溜め息で足がすくみ、ちょっぴり逃げ帰りたい気持ちになる。

洗練された美しい町に足を踏み入れると、心もすがすがしく、一生こんなところで暮らしてみたいと思うのに、まったくその反対、その地にいるのは数時間だとわかっていながら、足が前へ進もうとしない。

鉄格子の間から、指が五本ともない男性がブリキの缶を出して、「お金を」と言う。

駅を出ると、片足が五倍にも膨れあがった、恐らく寄生虫がいるのであろう、少年が座って物乞いをしているのに出くわす。私はその子に何もやらなかった。とても人間の足とは思えない膨れを見て驚き、目をそらして避けるように去ったというのが正直なところだ。足の先に指はあるのか、本当に足なのか、丸太ではなかったかと思えるほど異常なのだ。マザー・テレサがハンセン病患者の足をさすっていた姿は、物欲に慣らされた者にとって、神のような存在に映る。

リキシャ（輪タク）やオート・リキシャ（モーター付三輪で後ろに幌をかぶせている）、人間や牛が好き勝手に動いている駅前を逃げるように出ると、路上には両足のない少年が、布の上に寝て手を差し出す。雨が降っても移動できず、降られどおしで横になったままだった。寒さでぐったりとなったのか動きは止めていたが、人々は誰一人その子に目をやるでなく、無視したようにそばを通っていく。

「ああ、何たるひどさ」

どこを歩いてもこの言葉しか出てこない。疲れ切って重い足取りで路上をとぼとぼ歩いていると、小学校低学年と思える子どもが日本語で、「安い、安い、いちルピー」と絵葉書やらを売りに来る。そのそばで大人たちも同じように、自然石のネックレスを手にぶらさげ、追いかけてくる。「いらない」と振り払っても、生きるためには相手のことなど考えていられないのか、どこまでも追ってくる。

鉄道の駅を出ると、

「リキシャ」

「タクシー」

「ホテルまで五ルピー」

「二ドルだ」

と客の奪い合いで、数名、多いときには十名近くも寄ってくる。

そのうちの一台にやっと乗り、ホテルに向かう車の中でも、助手が一人乗り込んできて、「ホテルに行って、タージ・マハールまで案内してやる。それを込めて五十ルピー」と言う。

「疲れているので、ホテルでゆっくり休みたい」と私が言うと、

「じゃあ、二時間したら迎えに行く」と勝手に決める。

「二時間で休息できるかどうかわからない」と切り返すと、市場にサリーとか何とか一杯あるから、そこにも案内すると言う。

「もうネパールで土産物は買ったから、買うものがない」と断っても、

「じゃあ、四時にタージ・マハールに行こう」

お金の成る木は逃がさないと言わんばかりの態度に、黙り込んでしまうか、無視するか、同じように執念深く断り続けるか。

「見るだけ、見るだけ」と言って、リキシャのおじさんはめぼしい店の前でリキシャを止める。店の中からも人が出てきて、

「見るだけでいい、見るだけ」と言いながら店内の電気をつけ、扇風機をつける。私は土産物をあまり買わない主義にしているので、興味もない。それでも、珍しい物があるとその前で立ち停まり、じっとみつめていると、店の者はそれをケースから取り出し、○○ルピー、シルクだとか天然石だとか言う。別に買う気もないのでうなずいて出てくる。

面白い置物があったりすると、欲しいので値段を尋ねてみる。「少し高いな」と言えば、

「いくらなら買う」と店の者は言う。

「○○ルピーなら」と極端に安く言うと、言い値を少しばかり下げる。

「それなら高くて無理だ」と言うと、もう少し下げる。

「まだ高い」と私が再び言うと、もうそれ以上は値引きできないとみえ、こちらのは安いと別のものを見せてくれる。先程のものがどうしても欲しいときには、そこで手を打つ。

要領を得ると、買い物の値段の交渉もまた愉しいが、定価に慣れた国から行くと、初めのうちは少々煩わしい、どのぐらい値切っていいのかこつがわからない。

リキシャやタクシーの連中は、店に客を連れて行き、その客が買えば分け前をもらうらしい。だから、「サリーはいらんか、安いところを知っている」とか、「象牙のネックレスを売っている良い店がある」と言って、店へ連れて行こうとする。


とにかく暑い。店に入っても扇風機だけが冷房手段で、熱風を掻き回しているだけ。インドの前に行ったネパールは朝晩冷え込むと聞き、ブラウスはナイロン製を着ていたから、サウナにいるようだ。

水は汚く、コーラや甘味料入りジュースやマンゴージュースばかり飲んだ。それも瓶入りのもので、栓を抜いてもらうと飲み口をティッシュペーパーで拭くか、ストローで飲む。向かいで買っていたドイツの若者も、同じようにティッシュペーパーで飲み口を拭いていたので、お互い目が合うと笑ってしまった。

一日に数本そんなジュース類を飲んでいると、二週間が限度である。四週間インドとネパールを旅した日本人は、ほとんど身体を悪くしていた。ある者は二、三日ホテルで寝ていたと言うし、ある者は寝込まなかったがと言いながら、体温計で熱を計っている。

夜行列車の一等車の寝台も、上段を予約したほうがいいとインド人でさえ言う。下段だと人が勝手に座り、おちおち寝てられないのだ。

「一等車といっても、値段が高く乗客が少ないだけで、二等車と変わりない。寝台車を予約しても、もう先に切符なしで寝ているから、予約券があってもなくても同じだった」とドイツ人の友人は言う。

「荷物を枕にして寝ること」と、日本にいたというインド人まで忠告してくれる。

昔、日本も貧しかったころには、風呂屋で洗面器と石鹸を盗まれたというから、貧しさゆえの行為であろう。

「日本では、どこかに必ず仕事口があるから、好きなものを買える」とインドのインテリは、私のインド批判に的確な反論をしてくれる。

なるほど選り好みしなければ必ず働くところはあり、食べるのに困ることは今の日本では少なくなっている。

最近の子どもたちは忘れ物をしても、取りに来ない。また新しいのを買うというが、日本の環境を知らなければ、取りに来ないとだけインド人に言えば、皆首を傾げるだろう。それは豊かで恵まれた環境にいるからできること。

「私たちのところでは一人でやる仕事を、インドでは二人も三人もかかってやっている」とアメリカの年配の女性は言う。

確かに列車の窓から保線の仕事ぶりを見ていると、砂利をすくうのに、一人はスコップの柄のところを持ち、もう一人がすくうところを手で押している。あれぐらいの仕事は、女性一人でもできるのにと私は思ったが、柄を持っている男性も力を出す必要はないし、つまり腹を空かせないでいいし、汗もかかないであろう。押している男性も仕事の分け前がもらえるというわけか。それとも、カースト制の役割分担の影響か。

『インド・闇の領域』（V・S・ナイポール著　安引宏／大工原彌太郎訳　人文書院）でナイポールが、同室したインド人に苛々させられたことを書いていた。

男は寝台を下段に予約したのに上段にさせられたというので、ナイポールは替わってやってもいいと言う。だが男は、自分の寝具を次の駅でポーターに下ろさせるからと言う。ナイポールは次の駅まで二時間も起きて待っていたくない、早く寝たいと思い、自分の寝具すら下ろそうとしない男に怒って、彼が下ろしてやらざるを得ないのである。何事も自分でやってきた社会の人間にとって、役割分担的なやり方には苛立つことばかりである。

会社でも自分の落とした物を自分で拾わず、わざわざ人を頼んで拾わすから、能率が悪いと日本人などは言う。欧米帰りのインド人たちは、そんなインド社会に苛立って孤立する場合もあるらしい。

インド交通事情 ― 値段も予約も交渉次第

タクシーの助手は何のために必要なのか。客取りの手助けか、外国の観光客を名所に案内しようと口説くためか、それとも見知らぬ者に危害を加えられたら困るからか。いや、金の成る木から取った金の分け前をもらうためかもしれない。

歩けない距離を車で行く場合、リキシャ、オート・リキシャ、タクシー（普通は黒の車体に、天井が黄色）と、白一色の個人車の四通りがある。もちろん長距離の輸送手段は、飛行機と列車とバスである。

高級ホテルのベル・ボーイに、駅まで行きたいからタクシーを呼んでほしいと言うと、個人車が来て、

「駅まで五十ルピー」だと言う。

「駅からホテルまで、二十五ルピーで来た」と私が言うと、

「これはホテル専用車のタクシーだから」と運転手は言う。

なるほど黒黄の公認タクシーよりも車体はきれいであるが、値段は倍である。車体が美しい分だけ乗り心地も倍にいいかといえば、同じである。これをリキシャで行くと、十分の一の値段になる。

インドのどの駅に着いても、リキシャやタクシーの運転手やら助手やら、わけのわからない相棒か一族郎党たちなどに囲まれる。

「どこまで行くのか」

「○○ホテル」と言うと、値段は様々。リキシャとタクシーの差が大きいのは納得するが、同じリキシャでも、タクシーでも、値段が倍近く異なる。彼らは客が無知で騙せればもうけものと思っているのか、駆け引きをスポーツのように楽しんでいるのか。応対の仕方を知らないときはおろおろして、安いのに乗ったら遠廻りされたり、裏駅からの値段がそれで、表からだと駅をぐるっと回るようになるから倍になると、降りるときに言われたり、腹が立つことが多かった。

要領を得ると、駅の案内所で、○○ホテルまでタクシーならいくらかかるかと聞いておき、その値段の前後で交渉する。

初めて駅からタクシーを利用しようとしたとき、

「その人はおかしいんだ」

運転手を指さし、車の外でそう言う者がいて、私たちはそれを真に受け急いで車を降りた。後でわかったのだが、本当は悪い人でなく客の奪い合いのゲームだったのだ。しかしそんなことを知らない者にとって、悪人でどこか変なところに連れて行かれ金を巻き上げられるのではないかと不安になる。

タージ・マハールのあるアグラの町は列車が幹線からずれていた。幹線から十五キロメートルにある枝線に入る列車もあり、私たちはそれに乗ったのだが、

「ここがアグラだ」とアグラ近くの駅でタクシーの運転手が列車に乗ってきて、「どこまで行くのか」と尋ねる。

「○○ホテルまで」と言うと、タクシーでそこへ連れて行くと言う。

同じ一等車にいたインド人に、

「ここはタージ・マハールのあるアグラか」と尋ねると、

「もう一つ先の駅だ」と言う。

「彼がもう一つ先だと言うので」と私が運転手に言うと、運転手とインテリらしい一等車のインド人とが言い争いとなった。

後で何かの本で、インド人は他国の人が騙されていようと納得してついて行く者には、知らんふりをするらしいとわかった。あのインテリは正義感が強かったのか、私が尋ねたから正直に答えてくれたのか。

インドにいると、生きることの逞しさと、生きることの醜さと、生きることの大変さを目のあたりにし、やりきれない気持ちになる。しかしこれは他の生き方と比較するから感じることで、ここのやり方しか知らない者は、我々が考えるほど気にしていないのかもしれない。

「終戦後は、駅に浮浪者がいっぱいいた」と日本の年配者に何度も聞いていたから、その人たちがインドを見ると、貧しい戦後すぐの日本と同じだと懐かしがるか、当時の情景など思い出したくもないと言われるか。

「この凄さがいい」と若者は言って、二度も三度もインドを訪れる。「凄さ」とはどんな凄さなのか。生きることのひたむきさか、どの若者も的確な表現をしないから、いやできないから推測するより方法がないが、清潔な、歯車に組み込まれた秩序ある社会にない、本音で生きているところに心を打つものはある。確かに精神的な圧迫感はないが、それは無いものねだりで、また文明化社会の象徴でもあろう。

ガヤからカルカッタまでの夜行列車は、五日前にデリーで予約してきたのだが、運悪くその日事故があって来なくなった。夜中の十一時五十三分発。少し早目に駅に行っていたので、一つ前の九時三十分発、といってもこの列車が着いたのは十時三十分ごろであった。カルカッタまで少々時間はかかるが急きょそれに変更する。帰りの飛行時間も迫っている。

　こんなとき、インドレイルパスは便利であった。一週間八十ドルもするからもちろん高いパスではある。しかし日本の新幹線と比べれば一週間約一万一千円だから安いものだ。だが列車で出会ったドイツ人もブラジル人も日本の若者も、そんなパスは買っていなかった。区間買いするほう

インドレイルパス　当時のもの

がずっと安いと言う。

　時間的に余裕のある人は、明日のに乗ろうと悠長に構えられるが、短時間で移動する者には、少々高くついても、急の変更も満席であっても、乗車してから車掌に交渉できるパスは便利であった。

『地球の歩き方　インド編』（ダイヤモンド社）を読むと、一等車は金持ちか体力と好奇心の衰えた人が利用、二等車では面白い光景にでくわすとあった。例えば靴下の臭う兵士とか、荷物や赤ん坊が棚から落ちてくることもあるという。私は金持ちではないが、また体力も好奇心も衰えてはいないが、ようし見てやろうという勇気は出てこない。

「命を落とすようなことがあれば、運命よ」

えいっと思い切ればよかったのだが、意識が自然に困難を避けよう避けようとする。治安の良い国にいると、とっさの対処ができないのだ。

　予約を入れていた列車は来ないので、一つ前の列車に乗りたいが寝台があるかと、一等車の車掌に尋ねると、「ない」と言う。

　発展途上国は、お金を出せば何とかなると聞いていたので、財布から札を抜き出して車掌に渡すと、いらないと言う。

「駅長の許可があればできるか」と言うと、「できる」とのことで、英語のできる者が一緒に来いと言うから、私は人を掻き分け、寝ている人をけとばさないように長いホームを走り抜け、階段を駆け上がり駆け下り、一番ホームまで走った。

駅長室に駆け込むと、電話を終えたばかりの駅長に要点をかいつまんで話し、といっても半ば強制的に、白紙の小さな紙に十一時五十三分を九時三十分に変更と書いてもらい、また一番線のホームの端から通路を越え、二番線へと走った。出発数分前に飛び乗ることができたが、その駅の者が、

「車掌にやる五十ルピーがいる」と言う。

発展途上国では当たり前のような賄賂で、目くじらをたてて抗議してもはじまらないから、黙って五十ルピーを出し、駅長に交渉してくれたあなたに二十ルピーをと言い、五十ルピーと二十ルピーの札を渡した。

彼は車掌の手の辺りに札をまるめてそっと出しているのを私は目にしたが、二十ルピーを渡していた。札の色で私にはそれが二十ルピーだとわかったのである。五十ルピーは自分がとったらしい。

賄賂にもやり方があったのだ。なるほど堂々とやっては受け取らない、いや受け取れないのだ。袖の下やアンダー・ザ・テイブルというとおりである。

アグラからベナレスへ ― 盗難の被害に遭う

アグラからベナレスと、ガヤからカルカッタまで二晩夜行を利用したが、アグラからベナレス間はほぼ予定通りに列車は着いた。

デリーで予約を入れられなかったから、アグラ駅で翌日の寝台車の予約を頼むと、満席だという。一週間のインドレイルパスを見せると、その切符なら乗ってから車掌に尋ねればいいと、案内所の者は言う。寝台車がなければ、座って行くより仕方がないとホテルに着くと、最高級ホテルを予約していたから、レセプション前に列車その他の予約受け承り所があり、寝台車の予約の件を尋ねてみる。「五時頃に来て下さい。駅で予約してきてあげますから」とスマートな青年が言うのでパスを渡し、特別の窓口があり予約が可能かもしれないと期待したが、五時頃そこへ行くとやはり満席で、寝台は取れなかった。

がっかりした様子の私たちを見て、

「そのパスを持っていれば、乗って車掌に頼めばよい。問題ない」

ということで、寝台の予約なしに列車に乗り込むより方法はない。

短期間に盛りだくさんのものを見ようという計画をたて、私たちは一泊だけで他の町へ移動していく。日本のように秒刻みで動く輸送機関は世界中でも稀であるから、一泊ぐらいで移動していく旅はどこかで破綻するのは目にみえている。チャーターしたバスを走らせるのならともかく、我々は公の交通機関に頼った旅で、挫折の確立は高い。

＊　＊　＊　＊　＊

十一時十分発の夜行列車であったが、治安上の不安を感じて、七時過ぎにアグラ駅に行った。空が暗くなると犬まで明るいプラットホームに来てうろついている。

それから駅の構内にある女性専用待合室で、四時間も待つのである。一人だととても退屈してしまうが友人がいるとくだらぬ話などして、時間の長さもそんなに苦にならない。

オーストラリアの女性も同じ列車に乗ると言ったが、薄暗い待合室で小説のような本を読んでいる。インド人の女性たちを見ると、足の指にまで指輪をしていた。

そこへドイツ人の若い女性が入ってきた。三人連れであったが、十二時過ぎの夜行で三十時間もかけてボンベイに行くという。

学生だと言ったが、どうみても三人とも十八、九歳ぐらいにしか見えない。そのうちの一人は片腕を骨折か捻挫させたとみえ、包帯のようなものを腕に巻き、ぎこちなく真っすぐ下に垂らしている。

「インドで怪我をしたの？」と私が尋ねると、彼女はそうだと言う。

日本人なら、旅の途中で腕が曲がらないほどの怪我をすれば、その人だけ帰るか、いや三人とも帰っていくだろう。彼女たちはそんなことぐらいでおろおろしない。予定通りの冒険的な旅を続け、もちろん怪我が相当ひどければ、旅を続けることもできないのであろうが。別の友人に、その包帯の上からナイロンをかぶせてもらい、昨日シャワーを浴びなかったのでといって、待合室の奥にあるシャワー室へ入っていった。

私も奥のトイレを使ったが、とても清潔さとはほど遠く、片腕でそんなところのシャワーを使うのは大変だろうと思う。

このタフな行動にはいつも圧倒されてきた。私が十年も前にドイツに住んでいたころも、ドイツ人たちのバイタリティーにはとてもかなわなかった。比較的タフな私でさえ、いつも置いてきぼりにされそうであった。

＊　＊　＊　＊　＊

列車が何番線に着くのかわからない。八時ごろ案内所へ行って、ヤムナリンク（列車名）は何番線に着くかと尋ねると、まだわからないと言う。

九時ごろ再び案内所まで足を運んだが、それでもまだわからないと言う。時間通りに来れば一番線。遅れたら向こうのプラットホームに着くと言われた。だが、プラットホームの一般庶民はほとんど英語がわからないから、前もって聞いておきたいのである。

一等車両の停まる位置も確認しておかなければならない。車両間の通路はなく――ハンブルクの地下鉄も車両間の通路はなかった――二等車に乗ってしまえば、次の駅までその車両で我慢しなければならないのだ。

やっと人を掻き分け、一等車をみつけて乗ったが、空いた寝台はなく皆コンパートメントの中から鍵をかけ、通路に立っていなければならなかった。

ブラジルの女性は寝台車を予約してきたのに、寝台が空いてないと怒っている。通路にはあと二人ほど男の人が立っていたが、途中の駅で降りたとみえ、私たち三人になった。

友人は疲れたといって、通路にナイロンを敷いて寝てしまった。ブラジルの女性は、駅で会ったというインドの青年が二等車からやってきて、インド人が皆持っている毛布みたいな布を借りて、それを通路に敷いて寝た。私はとても寝る気がしない。時々コンパートメントのどこかの戸が開いて、トイレへ行く人たちの出入りがあり、貴重品のことが心配で頭が冴えるばかりだ。

それでもカバンを背中にしてもたれてはいたが、駅に着くたびホームを眺めた。しかし夜半も過ぎると、車掌もショルダーバッグから毛布のようなものを取り出し、それを通路に敷き、腰に長い布を巻き、ズボンを脱いで寝る準備をしている。一応横になったようであるが、時々私たちのことが気になるのか、乗客の出入りのチェックがあるのか、起き上がって車両を見回していた。

午前四時に、ある部屋の人が皆降りていき、やっと四人部屋の寝台が空いて、私たち二人とブラジル女性が中に入ってよいと許可が出た。ベナレス到着は午後二時四十五分。午前四時から寝ても、たっぷり睡眠はとれる。

通路に座っていると、紙切れが落ちてくる。どこから出てくるのだろうと見回すと、肩から斜めに垂らしたポシェットが切られている。

ポシェットの中を点検すると、落としたのは銀行カードのような保険証と、その保険会社のオフィスの住所録だけだった。パスポートは腹巻きに入れ、お金は首から吊り下げてブラウスの中に入れてある。端金ほどの僅かなインドルピーだけ布製のサイフに入れていたが、それは盗まれていない。

鋭利なナイフで切ったとみえ、中のメモ帳まで半分切れていた。

「よく身体に害がなかったことよ」

損害保険を申請に行った旅行代理店の人は言った。そう言われて初めて、よく身体まで切られなかったことだとぞっとしたが、インド旅行中は別に気にもしなかった。気になどしていたら、インドの通りは歩けない。

保険の控えは別のところに入れていたし、コピーが日本にもあったから、大騒ぎするほどのものではなかった。

朝、車掌に報告すると断固とした口調で、この車両で起こったはずがないと言う。車両内で事故があれば、車掌の責任になるのだろう。アグラ駅の案内所で後ろから押してくる者がいたから、そのとき切られたのかもしれない。善良そうな車掌に責任を押しつけるのも悪く、列車内で被害に遭ったとも思えなかったから、私はそれ以上抗議も何もしなかった。

ベナレスのホテルで、

「ポシェットを切られたから、警察で証明書をもらいたいのだが、警察署はどこにあるのでしょうか」と切られたポシェットを見せながら、私は尋ねた。

ホテルの従業員が警察署まで一緒に行ってくれると言うので、助かった。

ホテル近辺の地区の警察署へ行くと、狭い部屋に警官が四、五人いた。そこの一番偉い人らしい年配の警官が、ポシェットの中味を全部机の上に出して、友人にみやげとして持っていたファッションブローチを持ち上げ、真ん中の真珠は本物か、まわりの金は本物かと尋ねる。

「本物ではない」と私が言うと、

「その胸は何だ」と私の胸を指さして言う。

長方形の袋に貴重品を入れ首から垂らし、ブラウスの中に入れていたが、座ると下の端が腰にあたり上部が突き出て胸が異様に膨らんでいたのだった。ピストルを隠していると思われたのか。

私が返答する前に、ホテルの従業員がパスポートやお金を入れているのだと言ってくれる。さすがにその中のものを見せろとは言わなかったが、ポシェットの中にあった小銭入れは開けている。盗まれたのは保険証だけだと私が言っているのに、その件の仕事を片づけようという態度はなく、のらりくらり遊んでいるといった調子である。

何事にものんびりしているのは、暑さのせいだろうか。寒い国から来た者にとっては、苛立つことばかりである。

それからおもむろに、

「列車で起きた事故は、駅の警察に行ってくれ」と言い、何の成果もなく時間だけ費やして、その警察署を出た。

それからまたリキシャに乗って、駅まで戻る。駅の警察で、上官の年配者に訳を話すと、高いところから、

「未婚か既婚か、どこから来たのか」と、まったく被害のこととは関係のないことを尋ねる。

「日本から来たが、未婚であろうと既婚であろうと、事故の証明を書いてもらうのとどう関係があるのか」と私は叫んでいた。

それから入り口の部屋にいる若い警官に指示し、その警官が紙に証明書を書いて控えをやると言い、白紙の紙を一枚机の上に置いた。しかし若い警官は同僚が入ってくると、何か言ったり命令したり、パーンというものを噛んで、真赤な血のような液汁を流し台に吐きに行ったり、書く気はないといった態度である。

路上でも駅でも室内でも、あのパーンをペッと吐くと赤い染みがつく。歯まで赤く染まっている。

私は向かいの机に座って、証明書を書いてくれるという目の前の警官を観察したり、部屋に出入りする他の警官を見ていたが、十分ぐらいして紙を私の方に向け、書けという。何と書いたらいいのかと私が尋ねると、警官が答える前に、ホテルの従業員が素早く書く内容を言いはじめたので、私はそれを書いていった。

つまり、いつどこで、何を落としたかと書くと、先程の年配者のところに持って行けと言う。最後に、あなたの御親切な処置をありがとうと書いたので、その年配の警官は本当に親切だと思

うのかと訊く。

「ホテルの人がそう書けと言ったので」と私が答えると、

「じゃあ、親切だと思わないのか」と言うから、もう下らぬ議論などは続けたくなく、

「私も親切な処置だと思う」と演技をするより仕方がなかった。

そこでやっと、その書類の下にスタンプを押してくれ、ありがとうとは言いたくなかったが、仕事が終わった安心感から、そう言って出てきた。

日本のように生真面目な応対などせず、向こうの調子に合わせ適当に遊びながらやればいいいと思うのだが、日本の社会でそんなやり方に慣れていないから、つい、いつもの馬鹿真面目な態度になる。何たる度量の狭さよと、後で後悔するのだが、いつもどの国へ行っても私は同じようなことをやっている。

証明書を書いてもらった礼にお金を払わなければならないかホテルの従業員に尋ねると、必要ないと言う。

警察署を出ると、「給料が安いから、彼らはあまり働かないんだ」と彼は言った。

駅前でまたリキシャを拾ったが、その前にホテルの人はタバコを一本店で買った。一箱でなく、一本である。

ホテルに着くと、警察署で見たブローチのことをしきりにほめるので、奥さんにと言って、あげた。足を運んでもらったお礼にと、お金を出したが、それは受け取らなかった。

＊　＊　＊　＊　＊

ポシェットを切られた証明を何とかもらったが、日本に帰って保険の請求にもまた一苦労であった。

保険会社の人は、修繕できるなら修繕費を請求すること。修繕できないなら、できない証明をもらってきてほしいと言う。

そのポシェットはドイツの友人からクリスマスプレゼントにもらったので、日本で買っていない。行き当たりばったりのカバン屋に飛び込み、証明書を書いてほしいと頼むと、うちで買った商品でなければだめだと言う。

カバン屋を二、三あたってみたが、皆同じことを言う。それでは百貨店なら客は他の商品も買うから、引き受けてくれるかもしれないと思い尋ねると、

「昨年うちで買ったお客さんも同じような被害に遭ったが、サービスセンターの方へ行ってもらった。これだけ切れていると、元通りにはならない。それでもうちで買った商品なら、証明書を出すが」とカバン屋と同じことを言う。

別の百貨店へ行くと、店員が主任を呼んだ。その主任が言うには、

「うちは販売だけで修繕はしていないから、うちが証明書を書いても役に立たないだろう。恐らくあとで保険会社から問い合わせがあるだろうから。皮製品を修繕している店の証明書のほうがいいはずだ」と責任逃れのような言い方をする。それでも皮製品修繕店を教えてくれたが、その

日は定休日だった。

友人知人たちにカバンやハンドバッグ店を経営している親しい人がいないかと尋ねてみたが、皆決まった店で買っていないと言う。やっと友人の友人が百貨店のハンドバッグ売り場にいるのがみつかったが、謝礼がいるという。

「謝礼を出してわずかな保険金などもらわず、安いのを買ったほうがいい」と他の友人は保険の請求などあきらめろと言う。

請求をほぼあきらめていたとき、靴やハンドバッグを修繕してくれる店が近くにあると聞き、そこで訳を話すと、小さな修繕店の店主が簡単に『修繕できません』と小さな白い紙に書いてくれた。

それでようやく保険の請求はできたが、友人からのプレゼントでポシェットの金額がわからない。あまり高い額を書くと保険会社は不審がるだろうと思い、一万円と書いた。

それから二か月近く経って、私が忘れかけたころに小切手が送られてきた。それも私の方にも責任があるということで三千円引かれ、保険料は七千円也。証明を書いてくれた修繕店で、見苦しくても裏側だから皮を張ってもらって使おうと思ったポシェットは、戻ってこない。証明書を書いてくれた礼に品物を買って持っていくと、新しいポシェットを買うお金はもうない。

記念のものだったので、保険金など請求せず、皮を張って使えばよかったと今では後悔しているが、後の祭りである。

ベナレス——雨のガンジス川で

「ベナレスは、デリーやアグラよりずっと汚いから、気をつけて」とアメリカ人の観光客たちが、アグラのホテルで忠告してくれた。

だから行く前から、これまでよりずっと汚いのだと覚悟をしていたから、驚きもしなかった。

ベナレスに着いた翌朝は強い雨が降った。日の出と共にガンジス川の沐浴を見たいとタクシーを予約しておいたが、途中道路は水浸し。その水浸しの道路を牛やら、数は少ないが人々が通る。泥沼のような道路を車やリキシャが泥まみれになって通る。

ああ、弱き者たちはとても生きられない。戦後すぐの私たちの生活もこんな状態だったのであろうかと、定かでない像とこの光景をだぶらせる。

ガンジス川の沐浴を見るため、雨の中を一時間の契約でボートに乗った。しかし雨脚は強くなる一方。私たちはナイロンのレインコートを着て傘をさしていたが、ボートに屋根もなく、漕いでいる二人の少年は雨合羽もなければ傘もない。三十分でよい、お金は一時間分払うからと言って、途中で引き返してもらった。

雨が強く、私たちはレインコートを着ていても寒く、震える。そんな寒い雨の中を、幾人かの男たちは肩に聖なる川の水をかけ、一人の男はその水で口を洗っている。強い雨のためか、雨でなくても汚いのか、ガンジス川は泥水のように黄土色に濁っている。川幅は広く、対岸は見えない。水浸しの道路を見たあとでは、他の観光地を見に出かけたい気など起こらない。ホテルに帰ると、部屋で雨の止むのを待った。雨脚は弱くなりつつあるが、降り続いている。

部屋から見える牧草地や木々の緑は、水分を十分に含み、つややかで鮮やかであった。

帰りの飛行機のリコンファーム（予約再確認）をデリーで入れる予定が、祭日にあたり午後事務所が閉まってしまった。思わぬ誤算でベナレスがデッドラインとなった。

電話は直通でない。ホテルのオペレーターは「電話線が今不通だから、少し待て」と言う。アジアの国で、雨が降ると電話が不通になるところがあると聞いていたから、心配になる。

オペレーターが後で連絡すると言うが、十分近く待っても何も言ってこない。まだかとまたオペレーターを呼んでみる。

「もう少し待ってくれ」と言われれば、電話を切ってそばに座って待つが、二十分、三十分と待っても連絡がない。「いつまでかかるのか」と怒鳴りたくなるほど、苛々してくる。

日本の秒刻みの生活に身体が馴染んでしまって、待つということとは五分か十分と思っている。五時間も六時間も遅れるのが普通というところの人たちには、三十分や一時間は待つうちに入らないのであろう。

何度も催促し、部屋の中を行ったり来たりして苛々しながら一時間以上待った。やっと繋がり、航空会社の人と話をしたのは五分足らず。

ひと安心してベランダの外を見ると、空には雲の切れ目が見えるが、雨はまだ降っている。泥沼の道路を歩いて皮膚から菌でも入り病気になったら怖いと、ホテルの中で過ごす。

アフリカの奥地を開拓中に、主人公がダニの一種のジガーに苦しめられていた小説を何年か前に読んだことがある。ジガーは人間や動物の皮膚に入って、卵を生むらしい。

とにかく三時前にはホテルを出て、列車に乗らなければならない。ホテル内にインド銀行があったので、そこで換金をする。

ホテルのレセプションで換金すれば、必ずいくら替えたか証明をくれるのに、インド銀行で三度ばかり替えたが、どこも証明書はくれない。証明書がなくても、余ったお金を全部出国時にドルに替えてくれるならどうこう言いたくないが、インドは替えた額内しかドルに替えてくれない。

証明書をくれと言ってやろうかと思ったが、まあ入国時に飛行場で替えた証明やら、ホテルでもらったのもあるから、使うこともない捨ててしまう紙をもらうのも勿体ないと思い、請求はしなかった。貧しい国ではわずかな紙も貴重であろう。

書物を出版するどころか、出版に要する紙さえない国があるのだ。それに比べると、日本では次から次へ広告用紙やらそんな類いのものを、何の疑問も感じないで捨てている。

それにしてもインドの紙幣のひどいこと、ひどいこと。紙がぼろぼろになり、穴があいたのや、切れかかったのを必ず手にする。そのうえ、どの店もリキシャも、最高級ホテル内のレストランでさえ、そんな紙幣は受け取らない。

アグラで乗ったリキシャのおじさんは、

「私たちがそんなのを払うと、どこも受け取ってもらえない。あんたたちはホテルで替えてくれる」と言うから、私はレセプションで替えてもらった。

それにしても飛行場の銀行でも、町のインド銀行でさえ、そんなひどい紙幣をくれる。国が回収して、新しい札を印刷しないのが不思議である。

ネパールはインドより全体に貧しい感じがしたが、それでも札に関しては穴のあいたものなどもらわなかった。

アメリカ人の観光客も私と同じような苦情を言っていた。

インド人にそのことを言うと、

「そんな古いのは受け取れない、良いのをくれと銀行で言わないからだ」と反論されたが、店頭でなくインド銀行でさえ、そんなことを言わなければならないとは、貧しさゆえか、価値基準が我々と違うからかと考え込んでしまう。

インドにはインドのやり方があるだろう。他国の者がいらぬ干渉をするつもりはないが、毎日使うお金でさえ受け取り額を確認し、穴のあいたり切れたのまで点検しなければならないとは、我々旅行者には大変な負担になる。


『インド・闇の領域』(前出)を読むと、成功して車を一台買い大事務所を構えても、貧しかったころの習慣が抜けないらしい。つまりそんな金持ちになっても、相変らず昔と同様路上で寝たり、暗くなってからでなければ食事をとらないという。昔と変わったことをやり昼間に食事をすると、すぐ眠くなってしまうのだそうだ。

ということは、駅舎やプラットホームで寝ている人たちの中には、毎日ここをねぐらにしている金持ちもいるのだろう。子どもや若いころの生活習慣が、その人の一生に大きな影を落とすとは、恐ろしいことである。

それにしてもプラットホームのねぐらも、年中暑い国だからできること。零下になる国では凍死してしまう。

フランス人であったか「高度の文明は寒いところにある」と言ったが、確かにその評は言えているだろう。寒さは一年に一度襲ってくる。忍耐と努力で防寒用衣服や暖房器具を造らなければ凍死してしまう。

それに比べて暑いところは、バナナや木の実、ビタミンたっぷりの木の実のジュースなどが成る。働かなくても飢え死にすることはない。そのうえ暑くて頭も身体も思うように働かない。木陰を探してハンモックで寝ていれば、日射病の心配もない。

そんな環境にいれば、私も同様、働かないで一日中ハンモックの中で寝て暮らすだろう。しかし馬車馬のごとく走り回っている今の環境から移ったのでは、恐らく退屈して音をあげるにちがいない。

オーストリアの田舎を訪れたとき、たった二日間で私は死にそうなほど退屈なめにあった。テレビ番組も昼間はない、読む本もない、外は牧草地だけで空気は良く、初めはのんびりした気持ちだった。が、時間をもてあました。つまり貧乏性に慣れてしまって、何もない生活ではどうしていいのかわからないのだ。

ガヤ ― インドのホテルあれこれ

釈迦が悟りを開いたといわれるブッダ・ガヤに立ち寄った。

列車は夜八時十分に着く予定が遅れに遅れて十一時すぎ、コンパートメントは満席で、私は初め戸口のところで立っていた。上段の寝台には一人ずつ寝ていたが、下段のほうはある者は半分横になり、皆窮屈そうにその間に座っている。通路で若者たちが騒ぎ出し、年配のインド人がドアを閉めろと言い、私は中から鍵をかけ立っていると、インド人がここに座れとわずかなすき間をつくってくれた。

予定の八時を過ぎてもまだガヤに着かず、もちろん列車内の案内もない。駅は暗く掲示も読めないし、掲示が見えたとしても私はヒンドゥー語がわからない。

インド人に尋ね、といっても英語ができるのは十人中、一人か二人で、「知らせてやる」と言われてもその人たちが眠りだすと心配で仕方がない。

そのうち通路が静かになったので、私は時々通路に出て別の人に尋ねた。

車掌が来ると、ある男性が「日本人が煩く尋ねるから、寝てられなかった」と言っているようであった。

何といっても責任は本人にあり、知らせてやると言った人が寝込んで忘れても、彼らに責任はない。ということが外国を歩いてわかったのである。いつも責任を他人任せにできる日本のやり方に慣れると、外国では住みづらい。

幹線のガヤ駅からブッダ・ガヤまで約十一キロメートル。電燈が少ない田舎町へ、タクシーを飛ばすことに不安があり、駅構内の休憩室にいるつもりだった。

「休憩室はいっぱい」と言われて、十一時半ごろ駅前の宿を探したが、ガヤには良いホテルがない。

極端に悪くなければどんなホテルでもよいと思い、一階が食堂のようなホテルに入った。値段を訊くと二人部屋で一人四百円という。それでいいと言うと、すぐ二階へ案内された。部屋に入るとベッドは一つだけ。二人部屋だと言ったのにベッドが一つとは何たるひどさと言いながらも、ベッドは日本のシングルサイズより広いから、横になれるだけでもましと、二人で寝ることになった。

もちろん暑いので、シーツも布団もなく服を着たまま横になるだけである。天井には大羽根の扇風機が回っている。壁には小さい裸電球が一つ。

電話が鳴り、下へ降りて来いと言う。今頃何だと言うと、パスポート番号、住所氏名を規定の用紙に書き込めと言う。

「どうして上にあがる前に言わなかったのか。二人部屋だと言ったのにベッドが一つしかないではないか」と私は書きながらぶつぶつ言った。

ずっと後になってわかったのだが、安い宿は泊まる前に必ず部屋を見せてもらってから決めることと、ガイドブックにあった。つまり彼らにとって、客に部屋を見てもらったのである。私はこれまで良いホテルにばかり泊まってきたので部屋など見る必要はなかったから、そんなことを知らなかった。良いホテルは着くとすぐレセプションで鍵をもらい、荷物があればそれをボーイが運んでくれ部屋まで案内してくれる。

ヨーロッパでは立派なホテルでなく、ペンションやゲストハウスのようなところに泊まってきたが、そこでも部屋を見てから決めるということはなかった。

つまり部屋やベッドがきれいであるか、鍵は大丈夫か、ノミや南京虫がいないか、宿泊を決める前に点検できたのである。

「トイレが外の共同でよければ、もっと安い部屋もある」と言われたが、

「ああこれで十分です」と言って用紙に必要なことを書き込み、二階へそそくさと上がっていった。

すぐボーイがベッドを持ってきたと言ってドアを叩いたが、折り畳み式ベッドを並べると、部屋に空間がなくなってしまう。つまりそれを入れると、そのベッドを折り畳まなければ入り口のドアが開けられないのだ。

「もういい。一つで何とかする」と言って帰ってもらった。

横になってしばらくすると、腕や背中がかゆい。

「かゆい、かゆい。南京虫か蚤でもいるんじゃないの」と私が言うと、友人もかゆいと言う。

蚤はどんな形をしているか知っているが、私は南京虫など見たこともない。

外の暗闇で一晩中、六時間も七時間も起きて過ごすことはできないから、横になれるだけでも満足しなければと思いながら眠ってしまった。

時々目が覚めたが、夜中ずっと怒鳴り合う声が外から聞こえていた。

＊　＊　＊　＊　＊

アグラの最高級ホテルで夕食を共にした年配のアメリカ婦人は、グループで来ていたから、どの町でも最高級ホテルに泊まって、チャーターした冷房バスがホテルまで迎えに来てくれ、町を案内してくれ、飛行場まで送ってもらう旅であった。

それだとひどいところを歩くことはほとんどないが、デラックスなバスの窓からその地の生活を眺めるだけ。

「マンゴージュースは大変おいしい」と私がその婦人に言うと、

「水はどこから入れているのか」と彼女は訊く。

アグラの最高級ホテルの各部屋に置いてくれているポットの飲み水用で、彼女は歯を磨くと言う。そんなことまでしていると、インド旅行は到底やっていけない。

コップに入れてくれるジュースも紅茶も、私は飲まなかった。容器が汚くて飲めないのだ。紅茶は砂糖がたっぷり入り、熱かったが、素焼きの陶器のカップが汚い。インド人は紅茶を飲んだ後、そのカップを線路上に投げ捨てていた。

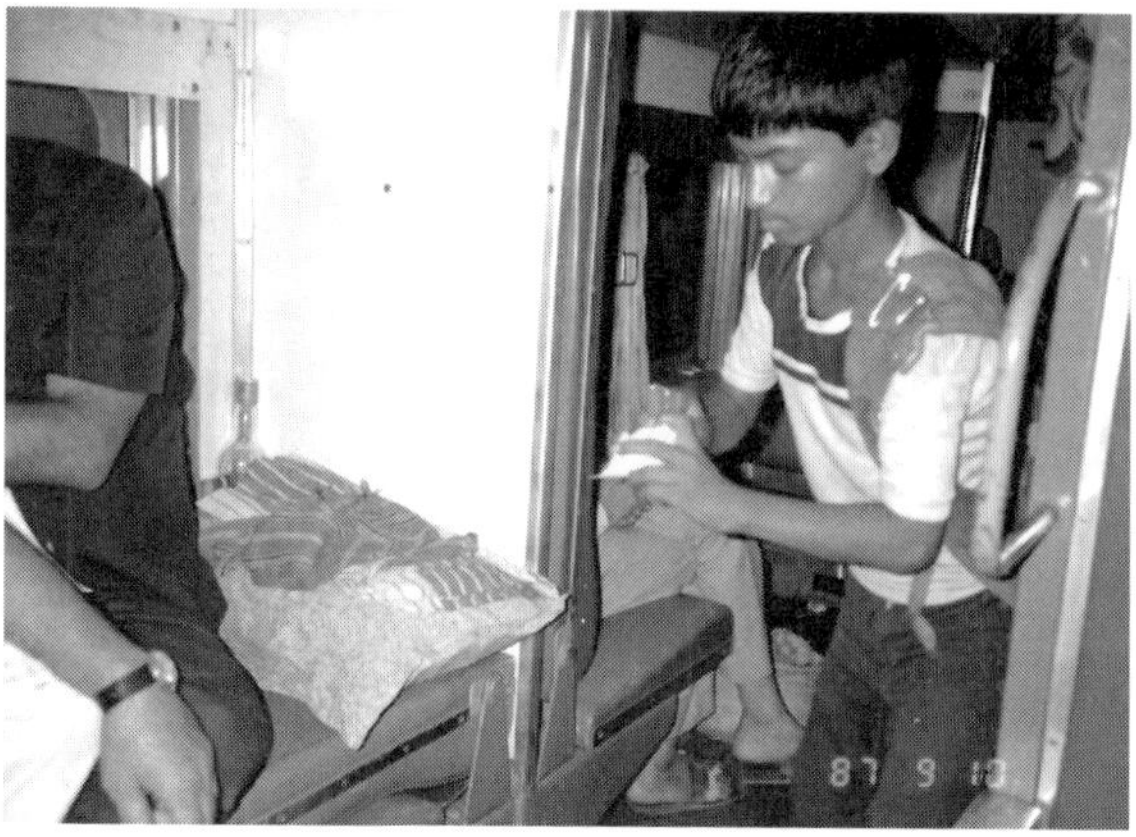

少年が卵の殻をむいている

列車が駅に停まると、十一、二歳の男の子がバケツを持って乗り込んできた。ゆで卵を売っているらしい。向かいの金持ち風、丸々太った中年の男が卵を一つ買って、その子どもに殻を剥かせ塩をふらせた。カースト制度かしらないが、私は丸々太った男の態度に無性に腹が立っていた。同じようにゆで卵を買った。子どもは釣り銭がないという。二つ買うことにした。男の子は殻を剥こうとしたが断った。殻ぐらい自分で剥ける。

アグラの最高級ホテルを出ると、リキシャを拾い、タージ・マハールまで行った。ムガール帝国シャー・ジャハンが愛する妃のため、二十二年の歳月を費やして建てた大理石の美しい廟。これほどまでに愛してくれた人がいたとは、羨ましい限り。市中で見てきた汚さが信じられないくなるほど美しい。ここでは庭園内の池も澄んでいる。一六五四年に完成してから、もう三百年以上も経っているが、崩れたあとなど見えない。大理石の上に座ると、冷たく気持ちがいい。

その後アグラ城塞を見学した。十五世紀に建てられた砦を、シャー・ジャハンが後で手を加えたというが、彼の美的感覚はなんと素晴らしいのだろう。

タージ・マハール

アグラ城塞

リキシャのおじさんは少し坂になった道で自転車を降り、私たちに降りて押してくれと言う。「料金の半分を返してもらわなければならない」と私は冗談を言いながら、後ろの荷台を押した。後でそのときの様子をアメリカ婦人に語ると、彼女は、「押しているところを写真に撮っておいたか」と言う。

弱肉強食の世界に生きる者にとって、客がリキシャを押してやることはあり得ないことだろう。つまり客はそこまでの料金を払い、別の乗り物を探すのがその世界のやり方である。

平等主義の社会でできた我々日本人にとって、弱者を助けるのは美徳で、別に気にもならない。上流階級のインド人が見ると、私たちの行為に眉をひそめるのではないだろうか、それとも軽蔑の眼で見るか。お人好しの日本女性。

最高級ホテルの中庭へリキシャは入りづらいのか、それとも最高級ホテルに泊まっている我々が軽蔑されないように気を利かせてくれたのか、門の外で止めた。もちろんタクシーは建物の入り口に横づけする。

私にとっては日本にないものは何でも珍しく、お金や身分の差など考えずに乗ってみたくなる。これが旅のいいところ。長く住めば周囲の人に笑われるから、そんなことはできなくなる。

ホテルの中庭に、観光客用のラクダと象がいる。ラクダは前足を折ってくれるから、乗るのにそんな苦労はない。しかし、象はどうしてくれるのだろうかと、私は巨象を見上げ考えたが、わからなかった。つまり象と同じ高さの階段を登ると、象が反対側からやってきて、楽々と乗り移ることができたのだった。お金を払い、象の背の上の座席に乗り、写真を撮ってもらう。もっとお金を弾めば、タージ・マハールまで行ってくれるが、象が歩くたびに座席が左右に揺れ、安定が悪く、振り落とされないかと不安だった。

最高級ホテルだけあって、部屋ではバスケットに入ったりんごと、皿とナイフとフォークが客を待ち受けてくれた。

アグラは小さな町。最高級ホテルといっても値段は安い。大都会はどこも高く、私たちは大都会では中級ホテルで、小さな町ではリッチな気分を味わおうと計画をたてた。その計画は、ひとまず成功であった。

ニューデリーのホテルは南国らしい建築様式で、建物と建物の連絡通路の両側は窓であった。両窓を開け、風を入れる。各部屋の入り口もベランダ風のところから、つまり建物の外から入っていく。日本の集合住宅にあるような型である。

今のような冷房機具は昔なかったから、風の取り方

ムガールシェラトンホテルの庭にて

の工夫もうまい。もちろんアグラの最高級ホテルは近代的建物で通路は室内にあり、全館冷房されていた。

ニューデリーの昔型中級ホテルの部屋は、天井に羽根型大扇風機がまわり、後で取り付けたと思える冷房機具との二本だてで室内を涼しくする。音がばかでかく、どちらか一方を止めると冷気が十分に来ない。つまり小さな新式器具から冷たい空気を出し、大扇風機でその少しの冷気を掻きまぜ、二つで一つの機能を果たしているのだ。

カルカッタのホテルは、大英帝国がインドを植民地化していた当時の建物で、百年以上になるらしい。

十年前インドを旅行した友人がとてもよかったと言い、わざわざ手紙を書いて予約したのだが、この十年に近代的なホテルができ、それらに比べると設備面でもかなり劣る。当時は立派な建物であったと思える名残はあるが、今では老朽化が目立ち、一部改修したり閉鎖したりしている。

私たちがカルカッタにいた間、政治会談があり、そのホテルは今では政府の管轄下にあったからホテル代は比較的安く、宿泊人はインド人ばかりだった。

観光客は私たち二人だけとみえ、みやげ物売場は閑散とし、私たちがその前を通るのを待ち受けていたように、

「見るだけ、見るだけ」と店の中から声がかかる。

仕事目的のインド人ばかり泊まっているとみえ、レセプションも用事を終えた人たちがさっさ

と部屋へ行くか、外出していく。入り口辺りでうろうろしている観光客もいないので閑散としている。

夜行列車に二回も乗り、夜遅く到着した日もあり、一日一食か、良くて二食しか食べられなかったので、私は体重が随分減り楽になった。

個人の旅は、身体が弱ってしまっては先に進めないから、私はなるべく良いホテルでしか食事をしなかった。出発前にコレラ予防の注射を打っていたし、無謀な飲食もしなかったからお腹の不調に苦しむことはなかった。一緒に行った友人は、調子が良くない、調子が良くないと言いながら薬を飲み続け、それでも駅のプラットホームや市中の清潔そうでない店で買って食べる。

カルカッタ ― 旅の最後にかつての首都へ

ガヤで賄賂をやってやっと乗った夜行列車も、スケジュール通りだと翌朝七時十分にカルカッタに着くのに、遅れて夜の七時となった。十二時間遅れたのである。そのためカルカッタの観光は一日短縮される。

「カルカッタに行くのか」

「カルカッタはインドで一番危険な町だ」

「リキシャで裏通りに連れていかれ、お金を奪われそうになった」

アメリカ人や日本人の観光客から、デリーやアグラで散々聞かされてきたから、カルカッタだけは半日くらい、お仕着せの観光バスに乗って名所旧跡を見ようと思った。

観光事務所に行くと、学生の暴動があったためバスが壊され、今日は出ないという。明日は出るというが、明日の朝にはもうインドを発たねばならない。

そういうわけで、ホテルから歩いて行けるインド博物館へ行った。インド博物館も今日は閉まっているだろうということだったが、とにかく行ってみようと思った。幸い博物館は開いていて無料で中に入れたが、近くの公園での暴動の影響か入り口付近は不穏な様子でもあった。

カルカッタは植民地時代の首都であったため、彫刻の入った古い立派な建物がところどころに見える。人口密度の高い町で、インドを初めて訪れた者がこの町から旅を始めようとすれば、ホテルの天井ばかり見て過ごすことになるだろう。人の多さと汚さで、足が竦んでしまうのだ。ニューデリーは計画都市で緑が多く道路は広々としていたから、駅周辺の酷さもひどいショックにはならなかった。デリーの町で免疫をつけてから、カルカッタに来ることだ。

しかしどこを見ても、男性は皆、口髭をはやしている。そんな状態を私は見慣れていないから、無精髭のように汚らしく思われたが、髭のないのは同性愛者だとインド人は言う。

ガヤとカルカッタの夜行列車で、初めて扇風機でない冷房車に乗った。

私たちは上段の寝台であったため天井がすぐ近くで、冷気がまともに喉にあたり夜中に震えあがった。持っている全ブラウスをカバンから出して着る。

冷気が来るほうを足にすればよかったと、朝になってわかった。皆、窓のほうを向いて寝ていたので、反対向きに寝るなんて考えもしなかったのだ。つまり自分で考えて行動せず、すぐ他人と同じことをやってしまいがちである。

「これがエアー・コンディションの車両？　なんたるひどさ」と今まで扇風機の車両をけなしてきたが、身体には扇風機のほうがよかったのだ。近代的冷房機で風邪をひいてしまった。

隣の男性は大きな立派な枕を持っている。どこにそんな枕が置いてあるのか探してみても、みつからない。

朝になって、その男がその枕をそのままトランクに収めていた。つまり枕を持ち歩いていたのである。それにしても彼のトランクは皆のに比べ、かなり大きい立派なのを提げていたが、中味の半分はその大枕に占領されていたのである。

寝台は上段のほうをとることだが、上段へ登る階段も何もない。まさか映画で観たジャッキー・チェンのカンフーのように跳んで上がるのではあるまいと周囲を見回すと、他の客が柱にある鉄製の足置きを前に出してくれた。足半分もない大きさの鉄の受け皿に片足をのせ、手は寝台の端をつかんで、反動をつけて登るのは高齢者には残酷な仕打ちだ。

旅をふりかえって

アグラのホテルで会ったアメリカ人の観光客たちはほとんど皆、日本に行ったことがあると言った。

「日本は清潔でよかった。タクシーの運転手が白い手袋を付けていたのには驚いたし、中があまりきれいだったので、靴を脱がなければならないのかと思った」と、彼ら皆、清潔さをほめる。ヨーロッパにいたときも、日本の清潔さの称賛の声をよく聞いた。治安も比較的良い。

しかし皆が一様に困ったというのは、言葉の問題。日本人は英語ができず、一人で歩けないと言う。

「行先を日本語で紙に書いてもらい、それをいつも見せて目的地に行くことができた」

ある人は、どうしてあなたは日本人で英語が上手なのかと訊く。

言葉に関しては、インド社会のほうがずっと良かった。大陸は広く、インド政府が出している観光案内によれば、日本の九倍の面積で、海岸線の南北の距離はデンマークのコペンハーゲンからエジプトのカイロに等しく、東西はロシアのモスクワからスペインのマドリッドまでとほぼ同じだそうだ。

そんなわけで民族、宗教も複雑、言葉も方言を入れると八百以上。インド人同士の意志疎通でも、英語でなければわからないときがあるという。公用語はヒンドゥー語。観光客のお金をあてにする人たちは、書くことができなくても片言の英語ぐらいは話せるのである。

最近はスマートフォンの翻訳機能もよくなり、外国に住んだり旅行したりする日本人も多くなり、言葉に関してはずっと良くなっている。

列車の旅をしていて、インテリに向かってインドについての厳しい批評をすると、何故列車の旅をするのか、飛行機のほうがずっと快適で、レイルパスのような安い周遊券があると言う。立派なホテルに泊まりながら名所旧跡を訪れたのでは、土地の人々の生活は観察できそうもない。せめて一般庶民が利用する列車で移動すれば、短期間でもインド人の考え方や生き方がわかるのではないかと思い、私は列車を選んだのである。それは的を射ていたが、少々苦しい旅となった。

帰国一日前にサンダルの前がパクっとはがれた。靴店をさがす時間もなく、荷造り用の紐でしばりつけて帰ってきた。普通のインド人と同じ格好になっていた。

Chapter 2

アメリカ——未知の可能性を求めて

アメリカの第一印象 ― 車がなければ動けない

「車がなければ、思うように動けない」

アメリカについての第一印象はこの言葉。

オハイオ州のシンシナティに一か月いてバスで市中に行こうとしたが、下宿のマイラさんも二階を借りている家族もバスで市中へ行ったことはなく、何番に乗っていいのか知らないと言う。公共の交通機関はバスかタクシーしかない町。

「何年この町に住んでいるのですか」と私は信じられない気持ちで尋ねた。

後で市中のバス停に行くと、バスを待っているのは人相の悪そうな人ばかり、などと言ったりすると叱られそうだが、正直なところそんな雰囲気。

時間はたっぷりあるから、二、三時間かかってもいい、アメリカ人たちの生活スタイルを観察しながら歩いて帰ろうと思ったが、一部の通りは一人で歩けないほど治安の悪いところがあり、歩くのは断念した。

私が乗りたい十七番と五十三番のバス停は、広くない市中の中心部を何回歩いてもみつからない。アメリカ人に尋ねても、皆、自分の行く線のことしか知らない。

アメリカ人に言わせれば、「これがアメリカ。自分のことしかわからない」と言う。

途中遠回りをする十七番のバスの運転手でさえ、経由が違うだけでわからないのだから、腹のたつこと。

高校のカリキュラムで運転免許がとれるようになっているから、皆早くに免許をとっている。日本では自動車学校へ行くと三十万も四十万円も費用がかかるとアメリカ人に言うと、「それは高い」と皆が驚く。自動車学校に問い合わせてもらったら、毎日来れば一週間で免許はとれ、費用は三万円余りで、午前中のコースはもっと割引があるということだった。

車社会だけあって、車に乗ったままポストに手紙が投函できるのは、私が知っている国では、アメリカだけ。アメリカのポストの色は青が大半で、時々白色もあった。

個人用郵便受けは、道路のそばに筒のような入れ物を立てている。田舎へ行けば、家が道路からはるかに離れてい

郵便ポスト

車に乗ったまま、手だけ出して投函

ても、郵便受けだけ道路のそばにあるのは郵便屋さんには便利。

車で、木と草原しか見えないところを走っても、郵便受けが見えると、この近くに家があるなとわかるから面白い。

それからその郵便受けの側面に時計の針のようなものを立てておけば、配達に来た郵便屋さんが手紙を持っていってくれるから親切だが悠長な話でもある。

大陸が大きいためか、アメリカから来る郵便もカナダから来るのも、日本に着くのが遅い。ドイツからの郵便は日本に三日で着くこともあり、日本の僻地より早いと驚いたものだ。時差の関係もあるが、日本人と同様、ドイツ人はよく働くから処置が迅速。二〇二三年、日本は土曜日の配達がなくなって、手紙類の届くのが遅くなった。

アメリカの治安 ―「夜は出歩かないことよ」

アメリカへ行く前、日本で想像していたアメリカ像はとても治安の悪い国で、跳んだり切ったりのアクション映画や、キラー小説のようなことが日常生活で毎日起こっているのだと私は考えていた。だが、実際の大半のアメリカ人たちはしっかり生きていて、映画や小説の場面はどこにもない。

それでは、そんなものは全くリアリティがないのかと言えば、やはり何かのきっかけがあれば、映画のような、小説のようなひどいことが起きる緊張感は常に感じられた。

どの町へ行っても、夜の外出はやめたほうが良いとアメリカ人たちは言う。

「あんなホームレスがいるから、夜は出歩かないことよ。昼間は誰かが歩いているから大丈夫だけど」と公園内の橋げたの下にいたホームレスを見て、アメリカ人は言う。ホームレスの人は可哀想な人が多く、普通彼らは何も悪いことをしないのだが。

私は昼間でも助けを求められない、人が歩いていないほうへは行かないことにしていた。

「高速道路で車が故障しても誰も停まってくれないし、車椅子の人が物を盗られているのに道行く人は誰も助けない。イギリスでは信じられないこと。娘が夜遅くまで残業をするときはタクシーを頼んでいるが、タクシーの運転手に電車に乗るまで見届けてもらわなければ、治安が悪いので不安だ」と、三十年もアメリカにいるというイギリス人は言う。

それだけ聞いていれば、なぜイギリスに帰らないのだろうかと不思議に思うが、アメリカの治安が少々悪くても、階級社会が存在するイギリスで一生労働者階級から上に昇れないところにいるより、自分の実力次第で上に昇れるアメリカ社会のほうが可能性は大きいかもしれない。


シンシナティのオープンマーケットの土曜市は場所のあまり良くないところにあった。

私が先週オープンマーケットに行ったと言うと、

「私は何十年もこの町に住んでいるが、あんな場所の悪いところへは行ったことがない」とその町の住人は言う。

下宿のマイラさんがレストランを経営していたので、料理の材料をオープンマーケットでいつも調達しており、一緒に材料を駐車場まで運ぶ手伝いをしたのだが、マスカットぶどうを買った店で、隣の黒人の男性が紙袋にレモンを四つ五つ入れ、代金も払わずそのまま持っていった。

私はマイラさんにそっと「彼はレモンを盗んでいった」と言うと、「まとめてあとで払うのだと思う」と彼女は言ったが、きっとごたごたに巻き込まれたくないのだろう。

私はその黒人の態度をじっと見ていたのだが、レモンを包みに入れてしまうと立ち去り、五メートルばかりの距離から私たちのほうを殺気だった目で見つめたので、私も怖くなり、トラブルに巻き込まれたくなかったので、それ以上何も言わず彼のほうも見ずに駐車場へ歩いていった。

アメリカはほとんどの民族が他の国から来たためか、アメリカで自分の国を作っているように私には見える。例えば、ジャパンタウンだとか、チャイナタウンだとか、リトルイタリアだとか、同じ民族がかたまって生活したり店を出している町が多い。領土が広大なのでそんなことも可能なのだろう。

ある町では老人ホームでさえ、日本人ばかりのホームというのがあった。公然と日本人だけしか受け入れないとは言っていないのだろうが。近くのアメリカ人用老人ホームは高層ビルで広々として、一階のロビーや食堂もゆったり、見晴らしの良いところに建っていたから、日本人用二階建ての細長い建物は貧乏長屋に見え、好んで入りたいような外観ではなかった。

八月の中旬はまだ夜の九時でも明るかったから、夜のバスに乗ってみようと思った。

八時少し過ぎの時間だったが、市中の通りは昼間に比べると人通りがかなり少なくなっていて、行きずりの老人が一人手を出して、「慈悲を」とか何と

オープンマーケットの土曜市

か言ったが、私は無視して歩いた。一緒に歩いていたアメリカ人の男性が「夜になるとあんなのが多くなるから、夜は歩かないほうがいい」と言う。

バス停まで彼と一緒だったから、夜のバスを見てみたいと思ったのだが、二十五分ほどの乗車で途中まで五、六人の乗客がいたが、それからは私一人になった。

一九六〇年代にアメリカに居たという友人にそのことを言ったら、

「運転手は黒人じゃなかったか」と言う。

「さあ、そんなこと気にもかけなかった。公共のバスだもの大丈夫でしょ」と私がのんきなことを言うと、その友人は「私が居たころには仲間を呼んできて危険だった」と言う。

先にそんな話を聞いていたら、夜のバスに乗ってみようなどという大胆な冒険はしなかっただろう。

白人が前の席、黒人が後ろの席と差別を強要していた時代から解放され、両民族がお互い肩を並べて生活できるようになってからの歴史は半世紀にもなっていない。これから徐々に垣根も無くなり、お互いの緊張感がなくなる日は遠くないだろうし、そうなってほしい。

車で目的地まで行くには、歩くよりずっと危険度は少ないようだが、それでもアメリカの年配の男性は、「夜遅く大学に行っている息子が遠方より帰ってくるので、迎えに行かなければならないから、催涙弾をいつも持っている」と筒型の催涙弾を見せてくれた。

私が住んでいたイギリスもドイツ（旧西ドイツ）も夜遅く一人で歩いても危険はなかったし、もちろんあそこへは行かないほうがいいというところはあっても、大半のところは問題がなかった。秋から冬にかけて、オペラやコンサート、バレエなどの催しが多く、夕べを劇場で楽しむ人たちは多かったから、夜に出かけることも多かった。

アメリカのように治安に不安があると、出かけるのに二の足を踏み、夜は家でテレビでも見ようかと安易に考えてしまう。

安全をお金で買わなければならないアメリカは、ホテル代が高くつく。安いホテルは安全面に不安で、食費や雑費が日本に比べれば安いが、旅行全体の費用は安くならない。

ヨーロッパは大半の国で安いホテルに泊まっても、問題のないところが多かった。食費や雑費は国によってアメリカより高いかもしれないが、宿泊費がアメリカより格段に安くてすむ。

住んでいる住民も、治安の良い地域を選ばなければならないのは困ったことだ。そんな治安の良い地域に住んでいても殺されたと聞くと、運が悪いと諦めるか、自衛手段にピストルで防衛するか、日本では考えられない神経を使う。

治安の良い地域に住んでいるし、バストイレ付の客室もあるから来てもいいと言ってくれる友人たちはいたが、アメリカは車がないと動きがとれず、一日に二往復バスがあるだけと言われると、快適そうな住宅でも訪れる気持ちはわかなかった。住宅地の辺りには名所も少なく、短期間訪れる者にとって魅力がない。

ボランティアの仕事をする(1)　教会で

今回アメリカで何でも見てやろうと思っていたから、どんな機会も逃さずに参加した。カトリック教会で、貧しい人たちに生活物資を配っていたので、袋づめの手伝いに行った。週二回、月曜日と木曜日に教会の地下の食料倉庫を開け、ボランティアの人たちが一人用から五人用の日常必要食料雑貨を袋や箱に入れる。

スープの缶詰を何人用には何缶、コーンフレイクスの箱を何箱、バター、ジャム、石鹸、ポテトチップス、野菜の缶詰などを詰め、取りに来た人にそれを渡す。

私が手伝ったのは月初めだったので、困っている人は比較的少なかったが、月末は多くなるらしい。月末の週は、月水木金と四回配っているとのこと。

貧しい人たちのこういう救済組織が教会をベースに欧米社会にはあるが、日本では困ったときに皆どうしているのだろう。恐らく私の推測では、困ればまず最初に親兄弟に頼り、次に親戚、友人知人に援助を頼むのだろう。最後に求めるのは公的な生活保護にちがいない。最近では徐々にではあるが、食料を配っているところ、子ども食堂もできている。

国際文化問題研究会で、現在の日本の問題について話してほしいと言われた。歴史的なことは本でわかるからいい、できれば現在の女性の地位などを聞きたいということだったが、住宅の狭さや、若者が嫌がる３Ｋの仕事の話などをしてみた。３Ｋの話は大いに受けた。

この会は国際的な組織で、各国のいろんな問題に人やお金を出し、援助をしている。ニカラグアのある村へ、生活向上の手助けに行っている年配の女性もいた。一九六〇年代後半に日本の農村での女性の地位の低さと重労働の改善を助ける調査をしたと、メンバーの一人が言った。

シンシナティでは、現地の人たちが一か月に一度集まり、いろんな国の人たちの話を聞いているそうだ。出席者はほとんど年配の教養も経済的にも比較的ゆとりのある人たちで、持ち回りで各家庭で開いている。

年配者のかなりの人たちが、朝鮮戦争のときに兵隊として日本に行ったことがあると言う。つまりアメリカの兵隊たちは朝鮮半島で戦って、その合間の

カトリック教会の地下で困った人たちに生活物資を渡す　５人用

休養を日本でしたという。そのときはまだ日本も貧しく物価が安く、日本でたくさんのものを買ったとそれらを見せてくれた。

年齢によって、女性の髪の結い方が異なる小さな原型とその説明書を台に並べていたので、私は外国で初めて種々様々な日本髪の結い方を見た。

日本の農村の調査をしたとき作り方を教わったと、お好み焼きと細巻きの食事を出してくれた。私はそんな食事を作って用意しているとも知らず、「私はフランス料理が一番好きだ。イタリア料理も悪くない」と先に言ってしまったので、悪いことを言ったと後悔したが遅い。

ボランティアの仕事をする(2)　学校で

「夏休みで先生たちは次から次へ休暇をとって、英語のクラスの先生が足りないので困っている。あなたは暇なら英語も教えてください」と言われ、初歩のクラスなら何とか勤まるだろうと思い引き受けた。

ベトナム、旧ソ連、ハイチなどからの難民が大半のそのクラスは、皆アメリカに住んで生活や仕事をしているから最低限度のコミュニケーションはできる。

テキストの質問の答えを私が黒板に書いていたが、生徒が書きたいと言うので、一人ずつ書いてもらった。生徒は若い人も歳をとった人たちもいたが、綴りを間違えるのはありふれたこと。文の最初なのに大文字で書かない人も多く、また Yes No のあとにカンマがいると指摘すると、アルファベットの字の下方でなく、字の真ん中部分（Yes･）に書いたのにはびっくりしたが、彼らはアメリカで英語の勉強をはじめたので仕方のないことかもしれない。

＊　＊　＊　＊　＊

日本の大学生は相互のコミュニケーションができない。できない理由のひとつは語学にも問題があるが、日本語の会話でさえ日常生活にたいしたことも言っていないのに、英語になるとすばらしい内容の会話ができると考えるのは間違っているのではないか。日本の発想の特殊性も、コミュニケーションを複雑にしている気もする。

しかし最近は皆ずっと物をはっきり言うようになり、曖昧な会話が減って英語の文との差も縮まってきた。

日本人は推測も下手だ。単語を二つ三つ日本語で言っても、外国人が何を知りたいのか理解できない。私が全部の意味を言うと、「ああ、そういうことか」と言う年配者が多い。

今では若い人たちの行動範囲も広くなり、外国からの情報もずいぶん増え、見知らぬ地で困ったことがある人も多くなり、他人が何を知りたいのか、それをどうすればうまく伝えられるのかも上手になった。他国の発想の違いも、メディアを通して多数の人たちがわかるようになった。アメリカ人たちと一緒に組織の中で働き、アメリカ人の発想やら生活を見たいと考えて、今回私はアメリカへ行った。

一緒に働けるところがあればどんな組織の中でもいいと、友人や知人たちに頼んだが、「ボランティアといっても危険な仕事があるし、アメリカ人はボランティアなど当たり前で、ありがたがらない」と言われ、結局日本語を教える無難な仕事を選んだ。

週の半分ぐらいは働きたいと思ったが、週二回の仕事しかみつからなかった。

ヨーロッパの人たちからみれば、休暇にまであくせく働くなんてバカだと軽蔑の眼を向けるだろう。日本で育つと、馬車馬のごとく働く習性から抜けられない。

初歩の日本語「おはよう」「こんにちは」「はじめまして、わたしは○○です」など単調な会話ばかり何回も繰り返すのは、日本語を母国語とする者にとって少々退屈でもあった。

イギリスの若い友人が「日本で簡単な会話ばかり教えていたのでは、自分が成長しない。給料はいいが」と言って、イギリスへ帰っていった思いがよくわかる。

日本は西洋の価値基準と全く違うので、皆初めのうちは日本の特異な社会と特異なやり方に興味を示すが、そのうち日本から得るものは何もないと言って帰っていく。

「治安がいいのでずっと日本にいたい。特に子どもがいれば安全で住みやすい」と言うのはアメリカ人。

「日本の会社に入ったが、海岸での奇妙な訓練（精神修養とかいう）に嫌気がさしたし、子どもも甘やかされて駄目になる。周りの子どもたちが皆同じことをやっているので、だめだと言ってもきかない。自国に帰っても仕事があるかどうかわからないが」と言って、帰っていったオーストラリア人の家族。

「こういうことをやろうじゃないかと提案しても、いつでもいいとも、だめだとも何の反応もない」と落胆してヨーロッパに帰っていったカトリックの若手の神父。田舎ではなく、東京や関西だと状況が違っていたのではないかと思うのだが。

私には彼らの考えがよくわかる。日本人はとても特異なことをやっている場合が多い。よく言えばどこの国にもないユニークさがあり、悪く言えば奇妙な発想をしている。皆徐々に気づいて、やはり変だと思うのか、特異なやり方が少しずつ無くなってきている。ということは日本の独自性が無くなってきたということになるのだが。

下宿のマイラさんに、英語も教えさせられたと言うと、

「今度はドイツ語も教えてくださいと言われるよ」と彼女は言う。

マイラさんの祖先はドイツ出身。お祖父さんがドイツからカンザスの開拓地に来たそうだが、ドイツへは一度も行ったことがないと言う。

「ドイツはとてもよかった。特にハイデルベルクは美しく、一生その町で住みたいと思った」とドイツびいきの私はマイラさんにドイツ行きを強くすすめたが、あまり気乗りのしない様子だった。

移住してきた第一世代は郷愁から祖国を訪れたいと思う。二代目も両親に連れられて、または話を聞いて訪れて行くかもしれないが、三代目になると完全に新しい地の人となり、祖父母の地は全くの他国の意識しかない。

シンシナティの冬はとても寒いので、マイラさんは毎冬メキシコで過ごしていると言う。そのあいだに友人、知人たちをメキシコに呼んでいるから、私にも来ないかと誘ってくれたが、メキシコはアメリカの隣で近いが、日本からでは太平洋を横断して、アメリカへ行くのと同じほど航空運賃がかかる。滞在費用はアメリカよりずっと安いが、メキシコまでの飛行機代が高く、「喜んで行く」とは言えそうにない。

＊　＊　＊　＊　＊

オハイオ州の公立の小学校では、外国語を学ぶことができるそうだ。日本語も選択できるが、日本人の先生がいなかった。その学校でフランス語を教えていた先生とたまたま話をする機会があり、日本語の先生を探しているから副校長に連絡してみてほしいと言われた。すぐ電話をすると、翌日十一時の授業を教えるために、十時半に来てほしいと言う。

車を持っていなかったので足の便を心配したが、下宿のマイラさんに頼んで、車でそこまで送ってもらった。車だと十分もかからない。帰りは市中に出るバスに乗った。

低学年のクラスは三十人以上なので、コントロールがしにくいですよと言われたが、「日本では一クラスにもっと生徒がいますので大丈夫です」と私が言うと、「日本と違うから、アメリカでは三十人も生徒がいると授業はしにくい」と、語学担当主任の先生が言う。

代行教員の先生と一緒に、少し離れた校舎へ車で移動した。私は車がなかったので、その先生のジープに乗せてもらった。

運転席と助手席のあいだにミニテーブルがあって、黒人の代行先生はコーヒーを飲みながら運転していた。

机も椅子も先生のほうに整然と向いている日本の教室とは違って、椅子が机を囲っていたり、机と椅子が一つずつだったりと机も椅子もバラバラに置いてある。三十人以上の生徒に十分な椅子がなかったので、先生は机に座りなさいと言った。

ヨーロッパでも机に座ることはよくあったが、日本では机に座ると怒られる。

日本の小学校で教えていた友人は、帰国子女の子どもで机に座るのがいたから叱ると、なぜ机に座ったら悪いのかと問いただされ困ったと言う。

生徒は机に横向きに座っても、顔だけはみんな先生のほうを見ている。遅れて教室に入って来たり、他の授業に出ていた生徒が、ノートや鉛筆を取りに教室に入って来て出て行ったりと少しざわついていた。静かに行動していたらそれにたいして先生は何も言わなかったが、先生が話をしているときに私語をすると、生徒にはきつく注意していた。二回ぐらい注意しても止めないと、教室の外で立っていなさいと叱っていた。

午後にも、もう一つ上級のクラスを教えることになった。このクラスは十名ほどだったので、生徒たちは大テーブルを囲って座り、一人ひとり黒板に自分の名前を日本語で書いてもらった。その後、短い質問を一人ずつして日本語で答えるようにしてもらった。

一時間の授業はあっという間に過ぎてしまった。

日本語を学ぶ子どもたち

校舎を出ると、学校の周りに黄色いスクールバスが五、六台見えた。遠くから通ってくる生徒もいるからスクールバスで皆を送り迎えしているらしいが、治安の問題もあるようだ。親が車で送り迎えをするか、スクールバス便を利用というのは不便な気もする。

ボストンに住んでいるアメリカ人は、

「ニューヨークへ行ったときは、小学校の息子を一人で車から出すことは怖くてできなかった」

と言う。

子ども連れの場合は郊外に住みたがるのも、治安の問題があるかららしい。

「車がなければ動けないところによく皆住むね」と私が言うと、

「よい隣人がいれば、子ども連れは郊外に住みたがる」とアメリカ人は言う。

ホームレスなどは市中に集まってくる。足の便の悪い、住宅か畑しかない郊外へは行かないらしい。

市中の商店街より、最近は郊外のショッピングモールとか、ショピングセンターに人気があるようだ。土地は余るほどあるから、モールやセンターの前を広大な駐車場にしている。車を持っている人には市中に買い物へ行こうと、郊外のショッピングモールに行こうと何ら変わりがない。郊外のほうが市中へ行くより、道路の混みぐあいや駐車場の心配もない。そのうえ車のない貧乏人は来ることが少ないから、治安面が安心だ。

雨が降ろうと雪が降ろうと、店は全て建物内にあるから、老人たちは車で来て、コーヒーやケーキを食べながら一日中談話したりして過ごすらしい。

外国での生き方

中国人は他国で定住しようとする人たちが多く、他国で生きようと思うなら彼らの生き方がとても参考になる。

とくにお金のない者は多人数で共同出資して、まとまったお金でビルを買ったり、店を買ってそれらを貸し、だんだん事業を大きくして財をなし豊かに生きている。しかし他民族と交わらない人たちが多いのには驚く。他国で中国人としての民族意識をこれっぽっちも捨てないガードの強さ。

日本の会社から派遣された人たちは、何年かすれば日本に帰るという意識が強いから、地域の社会活動も中途半端な取り組みになると嘆いていた。しかし、日本では皆住んでいる地域の社会活動もあまりやっていないから、何をしていいのかわからないのではないかと私は思うのだが。

アメリカ人だって、その町にずっと住むかどうかわからないが、将来のことまで考えて社会活動をやってやしない。今やれる範囲のことをやっている。日本人は最初から、限られた年月しか住まないとわかっているだけのことで、気負いすぎがあるのではないか。アメリカ人のほうが日本人より、ずっと簡単に他の町へ引っ越していく。

ニューヨーク展望

日本ではボランティアだって皆あまりやっていない。最近は徐々に増えてきているが、毎日あくせく働いているのがほとんどで、生き方に豊かさはみられない。そんなあくせく働いてもウサギ小屋しか手に入らないし、文明のバロメーターの下水設備も悪い。最近若い人の生き方はかなり違ってきている。ボランティアや独立して何かをしたい人も多くなった。

ニューヨークからボストンへ ― アメリカの鉄道とタクシー

アメリカの鉄道を見てみたいと考えたが、友人知人の大半が、「アメリカの鉄道は危険だ。特に駅の構内はホームレスの溜り場になっているから、治安面が不安だ」と言う。

西海岸と東海岸の間に三時間の時差がある広大なアメリカ大陸の移動機関は、飛行機。バス便もアメリカ中を走っていて費用は安いのだが、狭い空間に長時間とじこめられるのは耐えられない。長距離バスの発着所も鉄道の駅と同様、今では治安が良いとは言えない。まだ鉄道の駅のほうが広く快適そうなところも多かった。

日本の鉄道は時間がきっちりしているし、電車内も駅舎も大都会はほとんどが快適だ。ヨーロッパの国々も、列車の窓からの景色が旅のロマンを誘ってくれるほど美しいところが多かったので、列車は最高の乗り物だった。座席がゆったりしているのもいい。

カナダの広大な大陸も東から西まで三泊四日を横断してみたが、雄大な自然と空間が、狭いところで忙しい生活をしている私の気持ちを落ち着かせてくれた。

アメリカ人は時間をかけてもいい場合は、車で少しずつ目的地へ近づいていく。

アメリカの鉄道が比較的良い区間、ニューヨークからボストンのあいだを乗ってみた。四百キロ足らず。

ニューヨークの長距離列車が発着するペンシルベニア駅へは、五番街から一時間かかっても歩いて行こうと思ったのだが、途中治安面で不安なところがあると聞いてタクシーに乗った。

アメリカのタクシーの運転手は移民が多いせいか、英語が理解できない。それとも面倒な問題に巻き込まれたくないと、故意にわからない格好をしているのだろうか。しかし彼らは皆、行き先だけは何とか間違いなく聞き取っているから不思議だ。

どこの国に行っても、タクシーに乗るといつもトラブルが生じる。日本でも、近くから家までの距離はこちらが「そこを曲がって」とか、「そこの信号を左へ曲がって」などと指示をするからほとんど問題が起きないが、飛行場から知らないところへ行ってほしいというと、遠回りをされたり、近距離だとぶつぶつ不平を言うか降ろされる。

外国では大半の国が、乗るときに、目的地までいくらかかるか値段を聞いて乗らなければ、降りるときに

アメリカの鉄道駅

法外な値段をふっかけられる。遠回りをされたとしても、初めてのところではどこを走っているのかわからない。メーターが壊れているときもあるし、故意に覆いをかけているときもあった。

そういうわけで、私はなるべくタクシーは使わないことにしている。飛行場へ行くリムジンバスに乗るか、鉄道機関があるところはそれを利用する。

どうしてもタクシーに乗らなければならないときには、そこまで幾らぐらいかかるか前もって調べることにしている。そしてその前後の金額で交渉する。

ボストンで駅からホテルまで五分もかからない短距離を利用したとき、ホテルの前で車を止めると、すぐ運転手は料金メーターを上げた。あっという間の手品師のような早業だった。

私はメーター計をずっと見ていたから幾らかわかっていたので、「幾らですか」と尋ねずチップを入れて黙って払ったが、値段を尋ねていたらひどく高い料金をふっかけられたのではないかと思う。

駅からこんな短い距離なら、荷物もたいしてなかったから歩いてもよかったのだが、ホテルの方角がさっぱりわからなかったので、タクシーに乗った。

まあそういう理由で、私は短期間しかその町にいない場合は、一日目は観光バスに乗って半日か一日、名所旧跡を見ることにしている。現地の観光バスはまずまずのホテルに泊まっていると、ホテルまで迎えに来てくれるし、観光が済むとホテルまで送ってくれる。観光バスでめぼしいところを見て、あとは一人で歩くことにしている。

一日中歩いたとしても、ホテルから歩いて行ける距離はわずかなものであるが、歩いているとどの町でも面白い場面にでくわしたり、土地の生活のにおいを嗅ぐことができる。

地下鉄でもバスや鉄道でも、料金が複雑なところが多い。

今回のアメリカのシンシナティでも、私は毎日バスで市中に出ていたが、朝のラッシュ時と夕方の料金と、昼間と週末の一日中とでは違った。

ドイツのハンブルクでも、地下鉄もバスも鉄道も湖の定期船も一枚の切符ですべてに利用できた。二時間以内なら途中下車はできると聞いて、私は初め往復もできるのだと思ったのだが、一方方向だけの二時間だった。改札口にも出口にも駅員はいないし、尋ねることもできない。

他の町でも、ラッシュ時と昼間の料金が異なるところは多い。

発展途上国は手足の先だけバスの中、身体は外というようなぶどうの鈴なりのようなバスには、振り落とされそうでとても怖くて乗れそうにない。

そういうわけで、二、三日しかその町にいない場合は、煩わしいシステムの詳細を尋ねて交通機関を利用するよりも歩くことにしている。

ニューヨークの鉄道の駅から話がそれてしまったが、まず無事にペンシルベニア駅には着いた。十二時過ぎという真っ昼間だったので、駅のなかにはたくさんの人がいて、ホームレスがいたのかどうかもわからなかった。床の上で寝ているような人は見かけなかったから、列車を利用する人が待合用椅子に座っているのか、ホームレスか区別がつかない。

しかし、この駅の構内でトイレは使わないようにと言われていたので、私は早く駅に行って待合用椅子に座って列車を待つことはしなかった。

アメリカの鉄道は列車が到着する十分か十五分前にならなければ、何番のプラットホームから列車が発車するのかわからない。そのため、中央の掲示板の下にたくさんの人々が立って、自分の乗る列車のプラットホーム番号が出るまで掲示板をにらんでいる。

「毎日来る列車がなぜ同じプラットホームを使わないんだ」とドイツ人が言ったが、ボストンの通勤電車も電車到着十分ぐらい前でなければプラットホームがわからない。夕方暗くなりかけて治安が不安だった私は苛々していたから、

「なぜいつも発車する列車に同じプラットホームを使わないのか。日本ではいつも同じプラットホームを使う」と駅員に言うと、

「あなたのところはなぜ同じプラットホームを使うのだ。毎回変わってもいいじゃないか」と反論する。

ボストンのプラットホーム案内は、高いところにある小さいテレビ画面だったから、目が悪いと見えにくい。

ニューヨークの掲示板は大きく、見やすくはあった。プラットホームが決まると、人々はその番線に下りるエスカレーターへと進んでいく。

アメリカの列車は車庫がなく、ターミナルになっているから、列車の点検調整を駅でやり、時間内にうまく直らない場合は向こうのを使えということになるらしい。

一時ちょうどニューヨーク発のアムトラック（アメリカの鉄道）に乗った。列車の座席はゆったりしているし、トイレが男性用、女性用の別になっているのは私が乗った列車ではアメリカだけだった。

ニューヨークからボストン行の列車に乗って、右手の窓側に座れば海が見えると聞いていたので右手を確保。

そこへ大きな声で、大柄な女性と小さな子どもが乗り込んできた。私の隣にその大柄な女性が座り、通路を越えて向こう側に女の子が座った。

彼女の荷物はポーターが運んできた。コーラともう一缶の飲み物と、食べ物を持っていて、女の子に食べるかと聞いていたが、女の子はいらないと答えていた。彼女は「私は昼食を食べていないから」と言って、それを全部食べてしまった。そのあとも、また食べ物と飲み物を買ってきた。

それらをまた食べたり飲んだりと、私はよく食べるなあと感心して見ていたが、ボストン近くの小さな駅で、早く降りなければ列車が出ると、たくさんの荷物で困っている様子だったから、「運んであげましょう」と声をかけた。

「これを持ってください」とあまり大きくない包みを出されたので、私は片手で持ち上げようとしたが、びくともしない。両手でやっと、腰が抜けそうなぐらい力を出して引っ張り上げたが、彼女はまだ二個そんな荷を提げていた。

あとで思ったのだが、やはりあれだけ食べなければ三つも提げられないのだ。大量に食べるだけあって、体力がすごい。

菜食主義だというアメリカ人は多いが、肉より甘いものを採りすぎているのではないかと私は思う。

ケーキの大きさが日本の三倍もある。ヨーグルトアイスクリーム（ソフトクリームより甘さが少ない）の大など、大食家の私でさえ全部を一度には食べられない。そんな大きなヨーグルトを、年配の男性でさえ大を注文して食べている。だからビヤ樽のような、ステップの一段でさえ上がれないような異常に太った人がいた。


列車は三十分以上も遅れていた。

車掌が通路を通ったので、

「ボストンの終点はまだ先ですか」と私が尋ねると、

「もっと先だ」と言う。

「列車は遅れているのですか」と私が尋ねると、

「今三十分遅れている」と言う。

「ボストンにはいつ着きますか」と言うと、

「さあ、四十分か一時間遅れるか」とのんきなことを言う。

まさかアメリカの乗り物が一時間も遅れるとは考えてもみなかったから、予約していたホテルに六時を過ぎても必ず行くとの連絡を入れていない。

私は苛々して、

「一時間以上遅れるのだったら、証明書を出してくれるか」と叫んだものだから、

「四十分ぐらいの遅れで、一時間も遅れない」と車掌は弁明した。

一分でも遅れると苛々してくる典型的な日本人。

列車が四十分遅れたので、六時までにホテルに到着できそうにないと思い、駅構内の公衆電話でホテルへ「列車が遅れたので少し遅れて行くが、必ず行くから部屋はおいていてほしい」と連絡する。

駅で腹ごしらえをしてから、ボストン市内の交通機関三日間乗り放題というパスを購入。

このパスは自分が使う月と日付をお金でこすると、下から色の異なる月と日付が出てくる。市内に滞在していれば有効に利用できたが、郊外の知人のところに泊まったので、郊外を走る通勤電車には使えないことがわかり、私にとっては高いパスになってしまった。

ボストンの町と電車 ― 電気がついていない駅なんて

ボストンは美しい町だと聞いていたのでぜひ行ってみたいと思い、やってきたのだが、他のアメリカの町に比べれば確かに美しいが、ヨーロッパの国々を見てきた者にはイギリス様式の模倣だとすぐにわかるし、イギリスほどの重厚さがなくがっかりした。

ハーバード大学辺りは大学の町だけあって、若者が路上で音楽を演奏したり、路上に絵を描いてお金をもらっている。これらは夏のヨーロッパのあちこちでよく見かけた光景だったが、アメリカの他の町やカナダでは見かけなかった。

ボストンの郊外の住宅地に知人が住んでいて、通勤電車もあり足の便はよいと聞いていたが、週末は二時間に一本しか電車は来ない。

プラットホームに待合室はなく、駅の周りは本屋、パン屋、喫茶店などの店があったので、二回も三回も駅の周りをぐるぐる見て廻った。

一便逃してしまうと、待ち時間の二時間は退屈してしまう時間だった。本屋に入って、興味ある本がないかと見たり、ここに郵便局があると気がついたり、電車の切符はどこの店で買えると貼り紙があると、どこだろうかとその辺りへ行ってみたり、高架のプラットホームへ登る道が二つあるのを確かめたり、とあてもなく歩いたが、郊外の駅だから店の数もしれている。あとは広い駐車場があるだけ。

やっと昼近くになって電車に乗ったので、ボストン市内を見学するのも午後だけになり、帰りの六時発の電車には乗り遅れてしまった。七時頃まで外はまだ少し明るかったが、八時になると真っ暗になった。

プラットホームが何番になるのかわからないので、天井近くに下がっている小さなテレビ画面をしょっちゅう見上げる。

やっと電車が到着して電車に乗り込んだが、一車両に人がたくさん乗って、前の車両はわずかしか乗っていない。前の車両でゆっくりしようかと行きかけて、私は止めた。日本ならいざしらず、アメリカでは人がいないところは危険だと思い、たくさんの人のいる車両にとどまった。座ることができれば、人は多くてもいい。

隣の少し太った初老の男性に、

「前の車両は人が少ないのに、この車両は多い。なぜこの車両ばかり人が乗るのか。アメリカは治安が悪いからなのか」と私が尋ねると、男は少々気分を悪くしたように、

「どこから来たのか」と言う。

「日本。日本は治安が良いので。アメリカは危険な国だと聞いている」

私は少し嫌味を言い過ぎたようだ。

「日本。そうか」

と言って、気分を悪くしたように立ち上がって、隣の車両へ行ってしまった。

初めての町で暗くなり私は不安だったから、失礼な不躾なことを言ってしまったと後悔した。八時はまだかと腕時計ばかり見ていたが、やっと八時ちょうどに電車は発車した。駅が藪のあいだにあるようなところでも、駅に電灯がないのにびっくりする。車掌が懐中電灯でプラットホームを照らしている。「これが先進国アメリカ?」と言いそうになった。

私の降りる駅に着いたが、この駅は藪の中ではなかったが、高架になった長いプラットホームに電気はついておらず、私が降りたい通路のほうに電車は停まってくれず、反対の端に停まったので皆その通路から降りていく。一人真っ暗な中を反対の端まで行く勇気がなくて、一緒に皆と降りていった。

皆といっても、降りた乗客は五、六人で、近くを歩いていた若者に、
「電気がついていない駅なんて初めて。ここでは夜一人で歩いても危険はないでしょうか」と私が尋ねると、
「イギリスから来たので知らない。僕もここは初めてなので。イギリスの駅でもここよりましだ。日本は電車が速いと聞いているが」

すぐ電話をみつけると、知人に電話をすることになっているのでと言って、彼は電話のほうへ行ってしまった。

その朝、駅の周りを何回も歩いていたから、暗くても回り道になっている方角がすぐにわかったが、人は誰も歩いていない。駅周辺では車がかなり走っていたが、駅から遠くなると人も車も

通っていない。

鬱蒼と茂る樹々が歩道までおおった住宅地を走るように私は歩いた。

その日初めて知人の家から駅まで歩いて、帰りは真っ暗の反対方向から家に向かったので、間違った道を歩いているのではないかとずっと不安で、樹々の間から誰か出てくるのではないかと恐怖の十数分だった。

何の問題もなく、知人の家に辿り着いたが、心臓はどきどき額に汗はびっしょり。

知人には小学校の息子がいるが夏休みで、妹家族がマイアミにいるのでそこへやっていて、御主人は交通事故で最近亡くなり、彼女ひとりだといつも遅く帰ってくるらしく、誰も家にはいない。

表の入り口の鍵がどこへやったのかわからず、裏口は隣家の裏を通っていくので、鍵をかけていなくても大丈夫だから、そこから入るように言われ、少々木部がきつくなった裏口を開けると、黒猫が待っていた。

夜遅く部屋に猫がやってきて、しきりに鳴くので、空腹なのだろうと思い、台所の戸棚を探しても猫の食べ物はみつからない。足にまといついて鳴きつづけるので、戸棚にあったコーンフレイクスを少し床に置いてやったが、一口食べ、それ以上口にしない。ずっと鳴きつづけて足にまといついてくるので、

「あなたの食べ物をどこに置いているのかわからない。これを食べなさい」と言って、コーンフレイクスを猫のもとに持っていってもそっぽを向く。

仕方なくほっておいた。朝、食事のときに彼女に言うと、夜いつも遅く帰ってから食べ物をやっているのでほっていていいと言う。

この近くは夜歩いても問題はないと、そのときに知った。

ボストンの地下鉄は、日本の電気をこうこうと照らした地下鉄に比べると、薄暗いという感じがする。恐らくボストンはイギリス人たちが住み着いたので、イギリス式、つまりロンドンの地下鉄に似せて造ったのだろう。

ボストンの鉄道駅
ノース・ステーション

サウス・ステーション
（長距離列車駅）

ペットと住宅 ― 溜め息の出る広さと造り

今回私が知り合ったアメリカ人たちは皆、猫を飼っていた。下宿はタバコを吸わない人、猫を飼っているのを気にしない人、という条件で紹介してもらった。

昔ハンドクリームのオーナーの所有だったというその家は、三十も部屋があるとのこと。しかし二階に二家族、三階は独身者二人に貸していて、一階は広い応接間とダイニングキッチンが付いた部屋と、ダイニングだけの部屋と廊下がかなりあったから、寝室として使える部屋は二部屋だけだった。あとはバストイレ室、奥に一部書き物をしたり、天井から下がった椅子、窓側に植物を置いた開放された部屋があった。

ヨーロッパもカナダもアメリカも、バストイレの使い方は日本と異なる。バストイレのドアはいつも開けておくのが、これらの国では常識。開いておれば、誰も使っていないということ。閉まっていれば、誰かが使っている。

バスもトイレも広いところが多いから、いつもドアを閉めていたのでは、使用中の人も合図ができない。

地下には洗濯機と乾燥機があり、これはこの家に住んでいる人たち全部が利用できた。洗濯物を乾かしておく場合も地下。洗濯場が地下というのは、イギリス、ドイツ、カナダも同じだった。地下にはあとガラクタの山が雑然と置いてあり、古い家なので、電気やガスのメーターが地下の屋内にあり、メーターを見に来た人が家に入っていくのを見たとき、私はマイラさんに、「検査員はいつも同じ人ではないのでしょ。家の中に勝手に入って困りませんか」と言うと、「地下はガラクタばかり、持っていってもらったほうがきれいになっていい。一応保険もかけてあるが」と笑っていた。

地下から一階へ通じるドアに鍵がついていて、一階の室内に入ることはできない。二階の二家族も三階の人たちも、全部どこの家族の住居にも干渉しないで出入りができる。こんなことは当たり前であるが、日本の住宅と比較すれば素晴らしいと溜め息が出る。

マイラさんは五、六年前に日本に来たことがあるから、少しは日本の様子を知っているが、日本に来たことがない人たちは一度行ってみたいと言う。

ひどく狭い日本の住宅に来てもらっても困るので、「日本の私の住宅は部屋が四つあるといっても、私が今借りている部屋を四つに仕切ったようなもので、一部屋はとても狭い。廊下もほとんどなく、ドアも紙だしプライバシーもない」と脅かしておいた。

「姪が日本でホームステイしたが紙のドアだったので、不安だったと話していた」とカナダで私は聞いていたから、紙のドアとはつまりふすまなのだが、頑丈なドアから比べれば、なるほどふすまは紙のドアでしかない。

日本の製品がどこの国でもたくさん売られているから、日本に来たことがない人たちは金持ちの国で、豊かに住んでいると思っている。もちろん物は溢れているが、プラスチックのような安物が多いだけで、住宅は大半が金持ち国とはほど遠いほど貧弱。

アメリカの家の前には、国旗を掲げている住宅が多い。祭日でも記念日でもない普通の日に、ずっと上げたまま。ニューヨークの川沿いには板切れで囲ったような住まいでさえ、アメリカ国旗を掲げていた。いろんな民族の集合国では、旗でも上げなければまとまりがつかないだろう。

森の中のキャンプ場へ

週末をキャンプ地で過ごすというマイラさんと二階の人たちと、車で四時間もかかる北方へ向かった。

一度レストハウスのようなところでトイレ休憩をして、自動販売機でジュースを買い、外の芝生と樹々の間のテーブルとベンチ椅子で休んだ。

森の中でキャビンがところどころあるキャンプ地で、夏だったので蚊が多く、かなりの人たちが虫よけ塗薬を持ってきていた。人工の湖があり、泳いでいる人、カヌーを漕いでいる人、水の上に張り出したベンチに座って陽を浴びている人と様々。

マイラさんの友人が春に結婚して、新婦、新郎がキャビンを借り切って、披露宴かたがた友人知人に使ってもらっているのだという。

中央部分の小屋に共同のトイレと洗面台があったが、外から見ると、茅葺きの屋根と側面が汚く見え、中も汚いのだろうと思っていたが、内部は意外にきれいだったのでびっくり。水洗トイレになっているし、洗面台も大理石風で、皆が汚さないように使用していたのは、日本と比較にならない。

私は日本の田舎の公衆トイレを知っているから、文明化されたところのほうがいい、田舎へは

森の中のキャンプ場

行く気がしないといつも言っていたから、ほんとうは森の中の生活に魅力はなかった。

英国でもドイツ（旧西ドイツ）もあまりひどいトイレはなかったが、日本は田舎へ行くとトイレ室に入るどころか、その辺りに行くのも嫌だというほどひどい。そういうわけで、目下のところ私は日本の旅行はあまりしないことにしている。二〇〇〇年には都会も田舎も公衆トイレは美しくなった。

昼はひどく暑かったのに、夜になると寒くなった。

これらのキャビンは中学高校生のキャンプ用に使っているらしく、教会が管理しているそうだ。

一泊キャビンに泊まり自然を満喫して、シンシナティへ帰る途中に、広野の中のフェアーを見たが、車無しの者は行けない場所にあった。駐車場は何百もの車、車の列。何番目に駐車したかを覚えていなければ、帰りに自分の車を探すのに一苦労する。車を停める指定の線はない。

来週から新学期が始まる最後の日曜日だったので子ども連れが多く、広い土地に出し物の劇場、出店、マジック用の小屋と、おとぎの国風にミニ建物を造っていた。

日本人は小さい子どもを預けてまで、旅行をしようとは思っていないが、欧米の人たちはそんなことは当たり前。

フランス人の若夫婦は三歳の子どもを一週間ずつ夫と妻の両親にあずけて日本にやってきた。父がフランス人、母がアメリカ人で十二歳までフランスで育ったというボストン在住の知人は、夫がスイス人。十月に休暇をとって旅行するので、八歳の小学校へ行っている息子は半分はスイスから夫の母が来て世話をしてくれ、半分は学校の友だちの家で世話になるとのこと。

お金の計算とカードのトラブル

日本人は皆、計算が早くほとんど間違わないが、外国は間違えるところが多い。引き算でなく、足し算をやる国も多い。だから私はいつもおつりのいらないように、小銭がたくさんあっても複雑な出し方はしないように注意している。日本では、「三円小さいのがあります」と言って、六十三円の買い物に、百三円を出したりするが、そんなことは外国では絶対やらない。

それからどこの国も、小銭を替える両替機はないか、あっても数は少ないと考えたほうがいい。小銭のない人はバスに乗ると、乗客に「両替してくれる人はいませんか」と大声で言って、替えてあげるという人がいると替えてもらって、バス代を払っていた。

ヨーロッパのトイレもお金のいるところが多く、小銭がなければドアが開かない。人がいてお金を渡す場合、高額を渡してもおつりはくれない。つまり、お金持ちがたくさんの心付けをくれたと考える。

だから私は日本にいても、小銭はいつもたくさん持つように心掛けているし、大きな物を買ったときに高額の紙幣を出し、小さな額のお金にしておくなど気をつけている。

クレジット・カードも、どうしても使わなければならないとき以外、私は使わないことにしている。身近に、私が知っているトラブルでも二件ある。

ひとつは、トルコで友人は絨毯を二枚買って、クレジット・カード払いにした。控えの用紙を十分に確かめずに、団体旅行だと時間を急がされ、そのまま財布に入れて後で見ると、二枚の控えの用紙は二枚とも合計額になっていた。彼女は二枚絨毯を買ったから、料金請求用紙を二枚くれたと思ったのである。

もうひとつは、フランスで香水を買って、後でゼロが余分に付いていたのがわかり、これは日本に帰ってから届けたので、決着までに半年以上もかかったそうだ。

この二件とも、団体旅行で、旅行代理店がいつもその店へ連れて行っていたからこちらの言い分を聞いてもらえたが、個人だと後の交渉は無理に近い。

香港でクレジット・カードを偽造されたという話も聞く。

日本ではどの店も計算がきっちりしているし、店を信用しているから、ほとんどの人があまり確認をしていない。ホテルで両替しても、控えの用紙と金額をチェックしている日本人は少ない。欧米の人たちは、小額を替えても、不信な点があれば必ずその場で尋ね、目の前でお金をひとつひとつ数えて確かめている。

旅で実感したアメリカの広さ

アメリカのどこの飛行場ターミナルビルにも車椅子がたくさんあった。またそれらを利用している人たちも多かったのは、他の国ではあまり見かけなかった光景。車椅子を押す職員もアメリカの飛行機会社はかなりの数を確保しているのだろう。

国が大きいので、移動に飛行機をたくさん利用したが、乗り換えが三十分しかないときもあった。遅れたら次の便に乗れるか冷や汗もので、乗り継ぎのエアーターミナルを走るように歩いた。乗るときに、乗り換え地での搭乗口の番号がもうわかっているなら教えてほしいと聞いておいたからよかったが、着いてから探していたのではとても間に合わなかっただろう。

飛行機は完全に止まるまでシートベルトが外せないので、列車のように先に入り口のところへ行って、ドアが開いたら飛び出すようなことはできない。また前の席の人たちがもたもた荷物を棚からおろしていると、狭い通路を通り抜けることもできない。だから座席もなるべく前の入り口の近くを希望し、通路側の席を希望する旨をはっきり告げた。

最初、乗り換えに時間が少しあったから、どこでもいいと飛行機会社の方に任せたら、後ろのほうの窓側になり、そのうえ二十分も遅れて着いたので乗り換えに慌てた。

狭い空間で杓子定規に物事を考え、行動もがんじがらめにされて、ギスギスした生活を私は毎日、日本で送っている。それに比べると、アメリカは大陸が広く、空間も多く、思い切り好きなように行動ができる。それでも私はアメリカで住もうという気は起こらなかった。体力と実力があれば面白いほどのびるだろうが、歳をとって体力がなくなると哀れ。

若ければ、淀んだ水から出て、おおいにはばたきたいのだが。新しいところで、一から出発するには体力がともなわない。それでも自分の国が貧しければ、身体をむち打って可能性豊かな新しい地で努力するが、自分の国が繁栄を遂げている今、物質面でもまずまずの生活ができれば骨身を惜しむ努力はもうしたくない。

短期間、何の責任もなく他の文化を第三者のクールな目で覗き見るのは、スリリングな楽しみであった。

ヨーロッパでは狭い領土に我が国という意識を持っていたのに比べると、アメリカはどこからやって来てもいい、みんなで作ろうというおおらかさがあった。

Chapter 3

イスラエル ― ユダヤ暦五七四二年の地で

レバノン戦争中のイスラエルへ ―― 航空券でひと苦労

一九八二年、レバノン戦況が刻々と伝えられる中を、私はイスラエルへ飛び立った。イスラエルの国内情況が日本では詳しくわからない。テレビの報道では、イスラエル軍の戦車がレバノンに向けて走っているし、ベイルートの町に爆発の煙が上っている。不安な面持ちで、私はイスラエルの地へ向かった。

戦争体験のある者は、何と馬鹿げた行為だと驚くよりあきれるだろうが、戦後生まれの私には、映画とテレビで観るドラマの中でしか戦争がわからない。

それでも私は、直接、その戦場へ出かけることだけはあきらめた。テル・アビブ行き直行便がなかったのと、安い安全な切符が日本で手に入らなかったからだ。

アラブ諸国へ飛んでいる飛行機はイスラエルへ飛べないし、イスラエルへ飛んでいると、アラブ諸国へ飛べないという建前になっている。そしてアラブ諸国へ入ったパスポートがあれば、イスラエルへ入国できないし、反対も不可能だ。両国の複雑な民族的政治的な思惑が、外国人にも火の粉をまき散らす。

アラブ人とユダヤ人はいつもどこでも水と油。他国と国境を接することのない日本で、人口のほとんどが日本人である社会にいると、彼らのいさかいは何とも不可解だ。

イスラエルが急きょ戦場になった場合を考え、ヨーロッパへだけはいつでも飛び立てるように、普通便を買っておきたかった。

ヨーロッパとイスラエル間で一番近距離なのがギリシャのアテネ。アテネとテル・アビブ間は二時間足らずの飛行である。

シンガポール航空でアテネまで飛び、アテネでギリシャのオリンピック航空かイスラエルのエル・アル航空の普通便に乗る予定だった。だが、オリンピック航空もエル・アル航空も日本に事務所がない。シンガポール航空は乗り継ぎ便の手配を断ってきた。

「ローマからかチューリッヒからか、ヨーロッパの他の都市から飛べば、切符は手に入りますが。パリからは便数が多いようです」と旅行代理店の人は言うが、費用がアテネの倍以上かかる。

「それでは、ギリシャで切符を買ったらいかがですか。ギリシャでは周遊券が発売されているから、日本で買う半額になりますよ。テレックスでLY二八三便の座席だけは確保してあげますが。二時間もあれば十分乗れますよ」と助言してくれるのだが、アテネとテル・アビブ間の普通便は、エル・アルが朝一便とオリンピックが夕方一便しかない。日本からアテネ到着時間は朝の八時十五分だから、エル・アルの出発まで僅か二時間余り。その間に空港内の銀行でギリシャ貨幣のドラクマに換えて、旅行代理店を捜して切符を手に入れ、トランクの運ばれてくるコンベヤーのところへ走り、トランクを取り上げると次の便のエル・アル航空のカウンターへ走る。

見知らぬ地の初めての国で、短時間に一人でこれだけのことをこなすのは、少々荷が重すぎる。飛行機は遅れて到着するのが普通だから、時間通りに着いても二時間しかないのは、問題だった。

「夕方の便はまあやめておいた方がいいね」と日本にいるイスラエルの友人は言う。

「日本やシンガポールから入ってくる飛行場と、テル・アビブ行きの飛行場は別棟だ。タクシーで五分程だがね」

旅行代理店の人は別棟に着くのを知らなかった。友人の助言がなければ、私は何も知らずに決行していただろう。

以前私はパリで冷や汗をかいた。あの時は四十分で行けるところを二時間近くかかり、予定の便に間に合わなければ安い切符は無効になるし、別便の切符を買うお金はもう財布に残っていなかったから、焦りで足踏みしながらタクシーを待った。


旅行代理店にある本に載っているタイム・スケジュールは、朝夕二便だけ。その他の便のことは詳しくわからない。日本人でイスラエルへ個人旅行しようという物好きはほとんどいないから、情報が限定される。西ヨーロッパ諸国のような豊富な情報は、日本で得られそうにない。

キリスト教徒が大半のヨーロッパでは、巡礼の旅を個人的にやりたい人も多く、祖国を訪れるユダヤ人もいるから、自然に情報は多い。

最近日本人は金持ちになり、欧米へ行く人が多くなったが、それでも日本で得られる欧米情報でさえ、断片的で少ない。だから個人で出かける場合に困るのである。

一度友人について旅行代理店へ行ったことがあるが、隣で聞いていると気候についての話になり、代理店の人は資料を出して調べたがわからない。

「それは平均値でしょう。夏場でも寒い時は暖房が入りますよ。私は住んでいましたから」

要領を得ない返答に私は苛々して、余計な口出しをしたことがあった。

「住んでらっしゃったのなら、一番確かでしょう。私はまだヨーロッパへ行ったことがありません」と旅行代理店もそんな返事だから、どれだけ確かな情報が得られるのか不安になる。

テル・アビブ到着 ― タラップの下には警備兵

南廻り便で日本を発ったのが、暑い盛りだった。丸一日機内の狭い空間に閉じ込められ、ブーンという金属音を腹の底に感じ、足を伸ばすこともできずに寝なければならないのだから、何度乗っても飛行機を快適だと思ったことはない。列車が利用できれば、飛行機よりもう少しはましじゃないかと思う。まず地に足がついているだけでもいい。

スイスのチューリッヒ飛行場で、イスラエル行便に乗り換える予定だったので、我々は別棟にバスで運ばれていった。

小屋に入ると手荷物品は全て棚に置き、一人一人別部屋に入っていくようにと指示される。回転柵を押し入っていくと、トランクと検査官が待ち受けていて、各自立ち合いの元でトランク内の検査が始まる。検査官は皆ビニールの手袋をはめて、トランクの中に手を滑らす。

＊　　＊　　＊　　＊　　＊

検査官は丁寧に中を見てくれる。ひどい検査を受けたのは、旧ソ連を出るときだった。「おみやげです」と私が言うのに、旧ソ連の税関員は包装を破り開けた。

検査の後がたいへんで、荷をぎゅうぎゅうに押し込んでいる者は、トランクを閉じるのに検査官と二人がかりで格闘だ。

トランクの検査がすむと、我々は順番に飛行機までバスで運ばれる。こんな厳重な検査を受けたのは初めてで、出発までかなりの時間がかかった。

二〇〇一年アメリカ、ニューヨークの世界貿易センタービルが爆破されてから、荷物の検査はどこも厳しくなった。

＊　＊　＊　＊　＊

テル・アビブまで約四時間。テル・アビブのベングリオン空港に着くと、タラップの下には銃を肩に受送信機を手にした警備兵が待ち受けていた。

日射しが強烈だ。白い機体板に、陽が黄色く跳ね返る。


予定便に乗れなかった私が翌日の便でテル・アビブに着くと、何も知らずに前日迎えに出た友人は引きあげてしまっていて、誰も迎えはいないし、ホテルの予約もしていない状態だった。

イスラエル警備兵は赤軍派の一味だと思うかもしれない。私はあの赤軍派の首領の女性と年齢がそう違わないし、金縁眼鏡をかけた頑強な体格なので、赤軍派の一味と間違われそうだ。しょぼくれた女性か、若々しい二十代か、美しい可憐な女性なら違ってくるだろうにと内心恨めしく思ったが、外観はどうしようもない。

「警備兵は不審者を射殺してから、行先を尋ねるんだ」

イスラエルの友人が、真面目な顔で言った冗談を思い出していつもの私の度胸は、萎《しぼ》んでしまった。

アメリカやドイツの若者のように大胆になれないから、そんなわけで私は一人で飛び立つのをあっさりあきらめた。

臆病なのは私自身の性格かと思ってもみたが、私の周りの女性たちは皆私より輪をかけたくらい臆病だから、日本の社会構造に原因があるのだろう。

「怖いのなら、イスラエル行きはやめた方がいいだろう。生きるも死ぬも運命だ。僕の頭の上数センチのところを、弾が飛んでいったことがある」

イスラエルの友人は今まで何度も戦火をくぐってきたから、度胸はすわっている。

結局、冒険をする勇気がなくて、カトリックの聖地巡礼のグループツアーに割り込むことになった。

荒野をバスでエルサレムへ ― それぞれの安息日

ユダヤ暦五七四二年、西暦一九八二年七月二十三日に、私はイスラエルの地に足を踏み入れた。モーゼがイスラエルの民を率いて、シナイ山に向かった荒野の地に想いを馳せながら、草木も生えない黄土に目をやる。乾ききった土は木を枯らし、バスはその間をエルサレムへと走り続けた。

小高い丘の斜面には、第三次中東戦争の残骸が横たわる。悲惨な戦争を忘れまいと、装甲車の残骸を一掃せず無惨な姿をさらしたままだ。戦いはやめたいと誰もが考えるのだが、どこかでいつも戦いは続く。

丘の上の木々は、ところどころに低く這いつくばるように生えている。植林しなければ自然に生えることのない砂漠地。

夕日が沈み切ってしまうと、ユダヤの安息日が始まった。交通が止まり、店も閉まってしまった。僅かに個人の車だけが、スピードをあげて走っていく。

アラブの街は金曜日の安息日が明けて、街は賑わう。土曜日のユダヤ教の安息日が明けると、日曜日はキリスト教の安息日になる。ここ中近東には、世界に名の知れた三大宗教の聖地がある。

人間は心の安らぎを求めて、宗教を心の杖にする。その神聖な宗教の発祥地に、いつもどこかで小競合いが起きる。心が荒んでいるのか、脇目もふらず宗教の原理だけに固執する偏狭な性格のためか、信仰心の薄い私は懐疑的になる。

宗教の掟に忠実に従う者たちの意見を尊重し、大半の者は不便だと感じながらも、不服を言わずに忍従する。だが、我々のバスは安息日もなく走り続ける。いや、乗っている者は皆仕事を休んでいるから、安息日であり、働いているのは運転手とガイドだけである。

道路はどこもアスファルトで舗装され、日本のどこかの田舎で通ったでこぼこ道はない。人家のない、草木も生えていない黄土色の岩肌をぬって立派な舗装道が続く。この立派な道路は、迅速に軍事物資を運んだり、軍事利用と観光客用にできたと聞く。住民の生活に不可欠なものとしてできたのでないから、快適ではあるが、複雑な心境で揺られて行く。

岩肌に付いた小さな穴は、等間隔に線模様になって続いていく。黒羊やうさぎや、野性のやぎ等の通った足跡である。雨でもひどく降れば流れてしまい、風でも吹けば砂塵で跡形もなくなってしまうだろうが、この地のひとつの風景だった。

兵役の終わった兵士たちが道端で手を上げ、同乗を求める。イスラエルの人々は兵士たちには、喜んで足の便を提供する。

私が利用したタクシーの運転手も、「彼を乗せて行ってもいいかね」と私に承諾を求める。兵士が乗ってくると、二人は親しく話していたが、三叉路のところで兵士は降りていった。

イスラエル人は女性にも兵役の義務がある。男女共毎年一か月は兵役につかなければならないというから、国を守るのにたいへんな民族だ。

流浪の民となって、何千年も世界をさ迷い、やっと手に入れた祖国も武器で守らなければならないとは、過酷な運命だ。他民族に支配されたことのない我々には、そんな悲運が想像もできない。

祖国を守らなければならないユダヤ人には兵役の義務があるが、イスラエルに住むアラブ人に義務はない。


立派な道路の傍にはところどころ小屋があり、国防色の服を着た警備兵がいる。警備兵は我々の行き先を尋ねる。

ユダヤ教の神殿に入るには、女性のノースリーブは御法度だから、入り口でふろしきのような布を借り肩に掛け腕を隠す。といっても半袖の者は隠す必要がないから、腕を隠すといったほうが適切な表現かもしれない。

カトリックもノースリーブは御法度だが、あまり煩く言わない。バチカンでは布を肩にかけるようにと強制される。

そして男性は神殿内で帽子を被らなければならない。入り口でボール紙の帽子を借り、頭の天辺にのせる。

カトリックの掟はユダヤ教と反対で、男性はカトリックの聖堂内で脱帽しなければならない。

安息日は電燈も消し、微かに祭壇の光だけがともり、あとは窓から入る自然の光に頼るだけだから、石造りの建物の中は薄暗い。

礼服を着たユダヤ人が、メモを取っていたシスターに近づいて、

「書いてはいけない」と厳しい顔で指摘する。

シスターは顔を強ばらせて、ペンをポケットに入れた。

安息日には書き物をしてはいけないし、火をつけてもいけない。多くのユダヤ人は厳格な掟を無視しているが、一部の者は忠実に掟に従う。

どの宗教にも融通がないと私は実感するが、ルーズな社会に慣れてしまったせいだろうか。

ホテル内も、食堂だけ開いて店もバーも閉まってしまった。

宗教を厳しく律する者は、強靭な精神が宿る。四十度を越える暑さの中でも、黒の毛の帽子と黒のコートを着て、安息日には労働を休み、神に祈りを捧げる。宗教には人を忍耐強くさせる、神秘的な魔力がある。

土曜日が暮れ三つ星が現れると、ユダヤの安息日は明ける。バスが走り、バーが開いて各店が開き、町はにわかに活気づく。そしてまた皆、一週間の労働が始まる。

ユダヤ人は「男子は一生勉強すべし」との教えから、優れた人間が出るのだろう。

机と椅子と本だけの小部屋が並び、各部屋に男性が一人ずつ本を見ながら、身体を前後に大きく振り、ぶつぶつ言っている。朗読しているのか、暗記をしているのか、我々の姿には目もくれず一心に本に心を傾ける。

〝嘆きの壁〟のところでも、そんな男性が幾人かいた。ユダヤ人たちは〝嘆きの壁〟に向かって、

二千年もの長い年月を流浪の旅に出なければならなかった苦悩の運命を呟き、釘を打ち込む。民族が生きる限り、背負わなければならない運命だろうか。

近くのカトリック教会の別館は、窓も入り口のドアも閉ざされたままだった。「カトリックの人たちは寝ているのだろう」と私は冗談を言うと、傍に神父が怖い顔をして立っていた。

イエスが十字架にかけられたゴルゴダの丘の聖墳墓教会の傍のイスラム寺院からは、悠長なコーランの祈りが拡声器から漏れる。どこにいてもイスラム教徒たちは、日に五回祈るという。焼けつくような日射しの中で、間延びした拡声器の声は、口を一杯に欠伸した声に聞こえ眠気を誘う。

イスラム寺院も見てみたいと思ったが、異教徒は中へ入れてくれない。イスラム教は男女の区別が厳しいから、女性禁止区域が多い。私のような好奇心旺盛の者は、女性禁止区域にずうずうしく入り込めば、むち打ちの刑をくらうか、石投げの刑を受けるか、もっとひどければ耳も削がれるだろう。女性を尊重しているからこそ区別をしているのだと言われても、私のような自由の空気を一杯吸った者には、女性蔑視だとしか考えられないが、偏見であろうか。

とにかく神秘のベールに包まれると、余計見たくなる。凡人の浅ましい心は興味津々となり、どんな隙間からでも覗いてみたいときょろきょろしてみたが、堅い戸は閉ざされたまま。

ゴルゴダの丘へ ── イエスの足跡

ケデロンの谷は干乾びて、谷底は焦げた黄土色をみせている。ゴルゴダ（ヘブライ語では、〝しゃれこうべ〟という意味）の丘をイエスは十字架を背負い、荊棘《けいきょく》の冠をかぶせられて登っていった。現在アラブ人たちの商店街になっている小路を通り抜け、十字架に釘付けされたゴルゴダの丘の聖墳墓教会まで、イエスと同じ道を歩いてみた。二千年の歳月も、まだ彼の心は生きている。

狭い小路の両側に並ぶ商店街の食べ物屋では、ハエが群がっていた。

カヤパの官邸に連れて行かれたイエスが歩いていった石段は、二千年前のものとは思えないほど、風化の跡もなく今も使用に耐えている。

イエスは何を考えながら降りていったのだろうか。私は当時のイエスを想い、石畳の階段を足を踏みしめながら一段一段降りていった。二千年もの間、どれだけの人が私と同じように、この階段を降りていっただろうか。彼らは何を感じ取ったのだろうか。

ヨハネ福音書に出てくる、〝治癒を待っている病人がたくさんいた……〟ステパノ門の傍の聖アンナ教会は、エルサレムで最も古い教会の一つだといわれている。教会内は余分な飾りがなく、灰色の石造りは青味をおび清楚だ。声がこだまし、ミサの言葉が聖堂内に響き渡る。今までヨーロッパでも、種々様々な教会を数多く見てきたが、声の響き渡る教会は初めてだった。エルサレムの旧市街地には、紀元前四千年の頃から人が住んでいた。今もその痕跡を留め、歴史は生き続ける。

神の都シオンの丘からエルサレムを見渡すと、何千年もの昔の叫びが伝わってくる。華麗な宮殿や教会の数々が悠然と聳え立つ。雄大な眺めで、工場の煙突は見えない。空に延びる黄金のドームは強烈な陽を反射して、まばゆく輝く。そして傍の同じような型の銀のドームも銀色の輝きを深め、町は静まりかえっている。

人間は偉大だった。壮大な華麗な宮殿や教会を造り続けてきた。だがその偉大な人間にも、力のコントロールはできなかった。戦いは続き、血は流れ続けた。

シオンの丘の石壁のすぐ下に、ユダヤ教の墓が眠っていた。陽が強いためか、白い石墓が淡い黄色味を帯びている。ユダヤ教にはまだメシア（救世主）が現れていないから、ユダヤ人たちはメシアを待ち続けている。

そこへ、アラブの子どもたちがやって来て、

「ワンダラー、ワンダラー（一ドル）」と叫びながら、絵葉書の束を押しつけてくる。

「この地で採集した自然石のネックレスだ。安くしておくよ」と言って、大人までも付きまとってくる。

目が眩みそうなぐらい陽は強いが、湿度がないから膚には不快感はない。陰に入れば結構涼しい。ゆったりした服で皮膚を覆って、直射日光を避ける。

アラブ人たちは頭に布を置き、丸い輪で飛ばないように固定して、身体を全部覆う服を着る。

海抜七九〇メートルのエルサレムは、夕方になると温度は下がり、随分涼しくなった。

ユダヤ社会とアラブ社会 ― 街並みもトイレも違う

ユダヤ人たちは遺跡を大切に保存するが、度重なるイスラム教徒たちの侵入で、ユダヤ教の遺跡もキリスト教の遺跡も破壊されてしまった。

黄金の門からユダヤ教のメシアが入ってくるといわれているが、門はイスラム教徒によって閉ざされ、キリスト教のラザロの墓に通じる地下聖堂も、入り口を塞がれてしまった。現在フランシスコ修道会が北側に通路を造って、狭い入り口から地下へ降りることができるようになった。昇天教会はペルシア軍に破壊され、後にイスラム教徒たちは修復して、上部を円形のドームにしてしまった。

イスラム教徒たちは他宗教のものは、何も受け入れられない狭量な人間らしい。自分たちのものは頑固なまでに守り抜き、一途に崇拝しているというのに。

激しい風雨も天災も少ない地だから、何千年もの遺跡が風化されずに残るのだろう。

樹齢が千年を越えるというゲッセマニのオリーブの樹幹は、三本が一本になったような大本で、堂々と空に手を広げる。縦横に伸びた枝は、血ぬられた歴史の数々を見てきたに違いない。それだけ多くの血が、このイスラエルの地で流れてきた。そして今もまだ流れている。

政治のことは語らないでおこう。月並な机上の衒学的な意見は陳腐で、何十年もの、いや何百年、何千年もの苦悩の襞がわかるはずがない。

民族的な摩擦がほとんどない日本に住んでいると、ユダヤ人とアラブ人との水と油の関係がわからない。

街並を一目見ただけで、アラブ人の町かユダヤ人の町かがわかる。アラブ人の町は都市計画をたてず、各自私有地に思い思いの家を建て、町は雑然としているのに比べ、ユダヤ人は効率の悪い一戸建てよりマンション式住宅を好み、町が整然としている。

ユダヤ人たちの住まいを訪れたが、欧米式の靴のままの型で、簡素だが間取りは広々としていた。豊富な物に囲まれた生活をしている私たち日本人の繁栄に、首を傾げてしまう。そしてトイレも欧米式だったのには、安堵の胸を撫でおろした。西欧帰りのユダヤ人も多く、生活慣習からそうなるのは当然であろう。

アラブ式トイレは閉口である。恐らく慣れていないから不便だと感じるのであろうが。一度ドバイの国際空港で利用したことがある。水を入れた大きなかめが置いてあり、トイレットペーパーがない。だから左手は不浄の手で、左手で握手することは無礼である。

空港にいた身だしなみの良い、上流階級の出だと思えるアラブ女性は、「ヨーロッパ式はかなわない」と言って、アラブ式トイレの方へ行った。

リュック一杯、手提げ一杯にトイレットペーパーを詰めて、目に涙を浮かべながら旅行している、誰かの旅行記のカット絵が想い出される。

＊　＊　＊　＊　＊

旅をしていると、トイレのことが特に気になる。私は今まで英国で、ひどく汚いトイレに出くわしたことはない。どの町にも公衆便所があるから、小さな町の喫茶店やレストランにトイレがない場合がある。湖水地方のある小さな町の喫茶店で、トイレはどこですかとたずねると、町の公衆便所に行ってくれといわれた。

フランスの友人は、「フランスならどこの喫茶店にもあるのに」とぶつぶつ言いながら、かなりの道のりの公衆便所へ向かって走っていった。

公衆便所には、老婦人が詰めているところも多く、トイレを使用するのとチップの両方にお金がいることもあるが、あまり汚れていないのがいい。まあ英国は、全土が九十パーセント以上水洗になっているから、かなりきれいに使えるのだろうか。

ドイツでもそんなにひどいトイレに出くわしたことはない。しかし、トイレ使用にお金を払い、手を洗うのにまたお金を払い、頭の髪をとかすとお金をとるところがあって、みるまにトイレに百円以上を払うことになる。そのためかもしれないが、手を洗わない人も多い。

英国では男性用のトイレに手洗所がないところもあるから、日本人のような清潔観はないようだ。そんなに日本人は清潔好きでありながら、公衆便所の汚いのにほとほと困る。特に田舎に行くと、大半が汲み取り式だから、へどが出そうなぐらい汚いところが多い。二〇〇〇年ぐらいから田舎の公衆トイレもきれいになった。

喫茶店でも探そうと思っても、そんな気のきいたものがないところもある。その上、せっかく田舎の自然を楽しみに来ておりながら、近代的喫茶店を探すというのも、何のために田舎に来たのかと馬鹿馬鹿しくなり、結局次第に旅に出るのが億劫になる。

＊　＊　＊　＊　＊

イスラエルはヨーロッパ社会に比べると、物を盗まれることはずっと少ない。忘れ物は日本と同じように、ほとんど戻ってくるというから、私は初め信じられなかった。理由を聞いて納得はしたが、紛争の続く国らしい特異なものだった。爆弾を恐れて、皆他人の物には手を触れないのである。だから忘れ物係でなく、爆弾処理班のところから戻ってくる。戦争のない国では、想像もつかないことだった。

爆弾のこと、小競合いのこと、その他諸々の紛争が絶えないから、警備はどこでも厳しい。警備が厳しいから物盗りも少なく、治安もいいのだろうが、割り切れない思いが残る。

物を盗られないかと神経をいつも尖らせていたのは、ローマだった。

日本では、電車の中や路上で盗られることが少ないから、私たちは自分の持ち物に注意散漫でいる。だからローマで、日本人が軒並すられてしまった。

「彼らは楽しんでいるんだ」とドイツの友人は言うが、盗んだ者には価値のない物も、盗まれた者には命の次に大事な物がある。旅をしていると、パスポートがなければ身動きができない。

フランスの友人がローマでトランクを盗まれた。それが何とも信じられない形で、堂々と盗んでいくから、友人には失礼だが同情を寄せるより、笑い転げてしまいそうになる。

友人はローマに着くと、大きなトランクを二つ提げて歩いていた。そこへ一人の男が近づいて、「どちらへ行くのですか」と丁寧に尋ね、その一つを駅前に駐車していた車まで運んでくれ、車のトランクへ入れてくれた。友人は車の傍に立って、手際良い様子を見ていた。そして車のトランクを閉めるとその男は運転席に行って、あっという間に走り去ってしまった。

その時、やっと友人は盗まれたことに気づき警察に届けたが、ありふれた盗難の一つで、犯人は捕まるはずがないし、トランクも戻ってこなかった。

その男を常習犯のように思って、友人は毎日駅へ足を運んだ。だが一度も犯人とは出くわさなかった。

六か月ローマにいて、ローマを去る日、駅でばったりその男に会った。捕まえて問いただして、やっと服が数枚戻ってきただけだった。

イタリアはカトリックの国。神父やシスターなら大丈夫だろうと思い、「シスターの服を借りようかしら。カトリック国だから、神父様やシスターなら手を出さないでしょうから」と私は冗談を言ったが、昔はともかく、今はもう神父もシスターも安全でなかった。

日本では、私はしょっちゅう電車の中でカバンを網棚にのせ、座席に座って新聞を読んでいるが、降りるとき、カバンは必ず棚にある。だが、ローマでは必ずなくなっているだろう。

魚も棲まない死海――海面下四百メートルの湖

海抜〇メートルの表示を下へ下へとくだり、海面下四百メートルまで降りていくと、そこは死海だった。

水の青色はコバルトブルーのように濃く静まりかえり、波も風もない。対岸の山々はヨルダンの地で、山並は朧ろに見える。空気が濁って、視界が悪い。

周囲には工場がないし、交通量もほとんどないところで、空気が悪いのは雨が降らないせいらしい。雨は草木を根づかせ、空気までも浄化する力を持つのだから偉大だ。

死海の真ん中辺りに、船が一隻漂っている。湖には生物が棲んでいないから、警備艇らしい。塩分が約三十パーセント、その他にマグネシウムやナトリウム等の有機物が含まれているから、魚も棲めない。

魚も棲めない死海でさあ泳ごうと、足をばたつかせると、

「足をバタバタさせないでおくれ、目に水が入るじゃないか」

棒につかまっていた太った婦人に、叱られた。目に水が入ると痛いし、口に入ると塩辛くて喉が痛い。水に浮いたまま新聞が読めるのだから、泳ぐのではなく浮いているのだ。砂浜で、泥を身体に塗っている人たちもいる。

欧米からの観光客が多く、特異な湖だけあって、水着とバスタオルが借りられる。水着を持って来なかったので、私は水着を借りて泳いだが、一番小さいのでさえだぶだぶ。これだったら、下着で泳いでも同じようなものだ。

淡水のガリラヤ湖からヨルダン川を通って、一日に何百万トンもこの死海に流れ込み、流れ出るところはないが、塩分やマグネシウム等の量が常に一定しているという。塩分のある地中海とは繋がっていないのに、不可思議な湖だ。

死海の傍のクムラン修道院の廃墟が二千年も前の建物で、いまでも石造りの土台が残っている。そして、各部屋は何に使われていたのかわかるのだから驚く。一部屋は狭そうに思うが、当時は今よりずっと人間が小さかっただろうから、それで充分だったのだろうか。

クムランの廃墟にそそり立つ草木のない小高い丘の洞窟から、ごく最近ベドウィンの羊飼いの少年が、旧約聖書や讃美歌等の写本を見つけた。二千年もの間、洞窟で眠り続けていたのだ。

廃墟の傍に、地震で裂けたような断崖が横たわり、谷底は深い。そこからも、二千年以上の遺跡が見つかりそうだ。しかし、脆そうな土の絶壁は、蟻地獄を想い出させる。

二千年の昔、そこに住んでいた人々の生活は幻のベールの中にあり、現在の私たちの生活の糸と結びついてこない。しかしここイスラエルの地には、聖書に出てくる町があるし、家の断片も残る。イエスが通った石段もあり、当時の宮殿もある。二千年の歴史をひきずって生き続けてきた。

ベドウィン族は二十世紀の今も、旧約聖書の掟のまま、酒を飲まず、家を建てず、稲を作らず、ぶどうを作らずの生活を続けている。

ベドウィン族が使っているテントが、イスラエル博物館に展示されていた。私はそのテントを見て、

「キャンプ用テントだ」と呟いたが、ユダヤ人の友人は苦笑いを浮かべただけだった。

その後、ベドウィン族のテント生活を見たとき、友人が苦笑いした理由がわかった。博物館に展示されたテントは国防色で、キャンプ用には大きいと思ったが、寝るのに快適なのだろうとしか、私はその時考えていなかった。遊牧民がテントを生活の場として使っているのを、すっかり忘れていた。私の周囲の生活環境では、テントはキャンプにしか使っていない。そんなわけで、テントで生活している人のことを、とっさに思いつかないのも無理はなかった。

＊　＊　＊　＊　＊

私の周囲の環境から、想像もできないことを、海外で何度も体験した。そしてそのたびに、私はとんちんかんな質問をしてきた。

ドイツのハイデルベルク大学の夏期講座に出席したとき、アメリカから来たキャッシーは、「ハイデルベルクは素晴らしい。両親や、家族皆でハイデルベルクに来ている」と言う。

「ホテルに泊まっているのですか」と私が尋ねると、彼女はホテルではないと言う。

ヨーロッパの人たちは長期夏期休暇に、よくどこかの地でアパート（日本のマンション）や一軒家を借りるから、アパートを借りているのかと私が尋ねると、彼女はアパートではないと言う。「一軒家を借りているのですか」と尋ねると、一軒家にいるが借家ではなく、持ち家だと言う。ハイデルベルクの町は、ドイツ人でさえ一軒家を購入するのは高くてとても無理だと言っていた。アメリカの金持ちが、ハイデルベルクで一軒家の別荘を買い、夏期休暇を家族で過ごしている姿は、私の貧しい生活には夢のような話で、考えもつかないことだった。

＊　＊　＊　＊　＊

海抜三十余メートルのエンゲディ山にそそり立つヘロデ宮殿も、二千年以上を経ている。海面下四百メートルの死海から仰ぎ見ると、四百三十余メートルあり、山から徒歩で下りてくる人が豆粒に見える。山に草木は見えない。

エンゲディ山から草木も家も何もない黄土色の地を眺め下ろすと、黒い染みが大きく輪をかいているのが見える。その時、それが空の雲の影だということを、私は初めて知った。地球上のどこにでも雲の影はできるのだが、建物やら山やら木やら、風景の変化に富んでいるところで住んでいると、雲の影に気がつかないのだ。

紀元前に建てられたヘロデ宮殿の壁画は、今も赤茶に緑色が鮮やかに浮き上がって見える。建物は土台を残すだけで破壊されてはいるが、二千年前にすでにサウナ部屋や、水道設備が完備され、かなり近代的な生活をしていたらしい。宮殿没落後は、誰も足を踏み入れなかったかのように、整地されたまま、足跡も岩のかけらも見えない。

死海を北へ、ヨルダンの国境に沿いガリラヤ湖に向かって、バスはひた走る。国境は鉄条網で仕切られ、その鉄条網に沿って小道が続く。小道の上には、ほうきの掃き跡のような線状の跡が途切れもなく、乱れもなく延びている。

線がくずれると、人の通った気配がわかるのだ。近くに人影は見えないし、立派な道路には車も走っていない。周囲には草木もなく、岩石と黄土の中で、太陽の熱が強烈に跳ね返る。

途中、一万年も前の人類の住居跡と、紀元前七千年の城郭があるという、世界最古の都市エリコに立ち寄った。

私たちが立っている地面より下にある、仕切りのついた狭い住居跡は、今まで見続けて来た何千年前の廃墟と同じように、土台が残っていたが、特別な感動も湧かないほど、古いものに食傷気味になった。

近くに見える日干しレンガの難民の住居跡が不気味に静まりかえっている。ヨルダンがこの町を支配していた間、アラブ難民が住んでいたキャンプ場である。第三次中東戦争で難民は全て出て行き、今は誰も住んでいないが、粗末な日干しレンガの家は何百と残っている。一九六七年から十五年にもなるのに、その粗末な日干しレンガは崩れを見せていなかった。

ガリラヤ湖――イエスの奇跡の地へ

二千年もの昔が、目の前に甦る。

イエスが手招きして、人々が後に続く。ガリラヤ湖の辺に立つと……。

ああ、これは幻だった。

その遺跡を見続けていると、イエスがガリラヤ湖の辺に再び現れる気分に襲われる。

ガリラヤ湖は、イエスの頃から突風が起こって、漁船がよく転覆したらしい。現在でも突風は起こると聞く。

ガリラヤ湖の傍のレストランで、「聖ペトロの魚」と呼ばれる淡水魚を食べた。から揚げにした大魚は、大味だった。

遊覧船を待ちながら、水気を含んで生々とした芝生に腰を下ろす。芝生には、休暇を過ごす人たちがビーチ用キャンバス椅子に寝そべっている。傍の若者が、

「日本から来たのか」と声をかけてきた。

彼はレバノンの戦争に行っていたが、今休みをここで過ごしているらしい。一週間もすれば、また戦地に戻ると言った。

風が出て遊覧船は揺れたが、幸い我々の船は転覆を免れた。だが予定より二十分ほど遅れて、

北岸に着いた。そこはイエスの第二の故郷カペナウムだった。

ユダヤ教のシナゴーグの四本の柱は、風雨にさらされながらも二千年の間、壁を支えてきた。だが、その歳月で柱は疲れ、割れ目がひろがっていた。

カペナウムを去ると、レバノン国境から僅か二十キロメートルの町、アッコーに降り立った。レバノン戦争の弾が飛んできそうな距離にあるが、町は平穏だった。

アラブ人の商店街の路上で、さぼてんを売っている。さぼてんが食べられるとは知らなかったので、一個買った。アラブの少年が上手に表皮をむいて、棘を取ってくれる。幾らか甘味はあるが、ごりごり舌に残る、お世辞にもあまりおいしいとは言えない、何の変哲もない味だった。

岩壁に打ち寄せる地中海の波は高い。パウロがここから上陸して、エルサレムへ向かった。トルコのオスマン帝国は城壁を造り、オスマン時代の星のマークが、まだ威風堂々と塔の上に残る。あれから数百年が過ぎ去ったというのに……。

地中海の向こう側はヨーロッパ大陸だろう。空気が濁って、陸らしい姿は見えなかった。


ゴラン高原の裾野をバスは走った。一九六七年の六日戦争で、イスラエルがこの高原をシリアから勝ち取ってから、この道路は安全になり、弾も飛んで来なくなった。

高原の山肌に転がる玄武岩は、弾で焼けたような黒い煤けた色をしている。草も焦茶色に枯れていた。

高原の頂上からはもう弾は飛んで来なくなったが、弾を積んだトラックが、レバノンへ向けて前を走っていく。

神がモーゼに十戒を与えたシナイ山は、エジプトに返還された後だったので、イスラエルの民を率いて歩いた荒野を辿ってみることはできなくなった。ヨルダン西岸も今まだ、パレスチナ人の国になるとかならないとかゆれている。ヨルダン西岸には、聖書に出てくる遺跡が多い。イスラエル支配中は警備が厳しく、我々観光客は安全だ。

ヨーロッパの国々のように、国境で身分証明書かパスポートを見せただけで他国を通り抜けできるような状態になればいいが、ここではそれは遠い将来のことのように思える。目下、アラブ諸国とイスラエル間は、自由に行き来ができない。

一九六七年の第三次中東戦争以前の、まだエルサレムの東側がヨルダン領だった頃は、聖地巡礼の旅はレバノンとヨルダンの両国にまたがっていた。そして当時訪れた西村良次神父の巡礼記によると、ヨルダンの首都アンマンのホテルは空調装置が止まり、暑くてたまらなかったそうだ。フロントに頼んで別料金を払って動かせてもらったが、音だけばかでかく、そんなに涼しくならなかったらしい。

そして案内は要領悪く、行きたいところへは特別にタクシーを飛ばさなければならない、ひどい観光だったようだ。

ユダヤ人たちは勤勉だから、私たちの泊まったユダヤ人経営の中程度のホテルは、別料金なしの冷房付だった。冷房装置の付いた快適なバスは、毎朝八時半にホテルの前までやって来て、要領よく順次名所を廻って、夕方五時半にホテルへ送り届けてくれた。

テル・アビブにて ― イスラエル最後の夜に想うこと

最後の夜は、イスラエル最大の商業都市、テル・アビブだった。地中海に面した町だから、湿度が高い。

夜の浜辺は、地中海の波が高く黒くうねっていた。日が暮れると砂浜の砂は冷たく、足に心地よい。

砂浜に転がった岩に腰を下ろすと、二千年後のこの地のことを考えていた。三九八二年、ユダヤ暦七七四二年。

二千年……。

気の遠くなる歳月ではないか。二千年後の人々は四千年前の聖地を訪れ、感動は受けるのだろうか。まだ遺跡は痕跡を留めているだろうか。

ユダヤ教のメシアが現れて、戦争は食い止められただろうか。それとも、まだ血は流れ続けているのだろうか。

地球上の生活に飽き、人々は月へ旅行しているかもしれない。金星へも土星へも、旅行ができるようになっているだろう。いや、月にはもう人が住んでいるのではないか。

核に汚染された地球に、変形した人間が住んでいるかもしれない。それとも特殊な服を着て、頭も顔も特殊な防護被いを付けて生活しているだろうか。

だがゴキブリだけは、二千年前と同じ型で、四千年先も執拗に生き続けているだろう。現存の生物もすっかり変わっているだろう。死滅したのもあり、変形してしまったのもあり、そして新しく生命を得たものもあるだろう。

ザー、ザー、ザー……。

波の音だけが大きく響く。二千年後も同じ音をたてているのだろうか。


飛行の安全を考え、エル・アル航空機は早朝の六時五十分に飛び立つ。

各自トランクを開け、税関員に点検済みのマークを貼ってもらって、トランクをカウンターに預ける。出入国窓口でパスポートを見せ、ボディ・チェックを受けると、二時間が経過していた。だから前夜は三時間も眠っていない。三時にたたき起こされ、四時に朝食をとって、四時半にホテルを出る強行軍だった。

イスラエルで採れたオリーブの実を毎朝の朝食で食べてきたが、オリーブの実も今日で最後となった。黒と緑のオリーブは少々塩辛いが、暑い地には塩分が必要なのだろう。

そしてユダヤ暦五七四三年の年に入る前に、私はイスラエルの地を去った。

Chapter
4

トルコとエジプト
——不自由なイスラム式トイレ

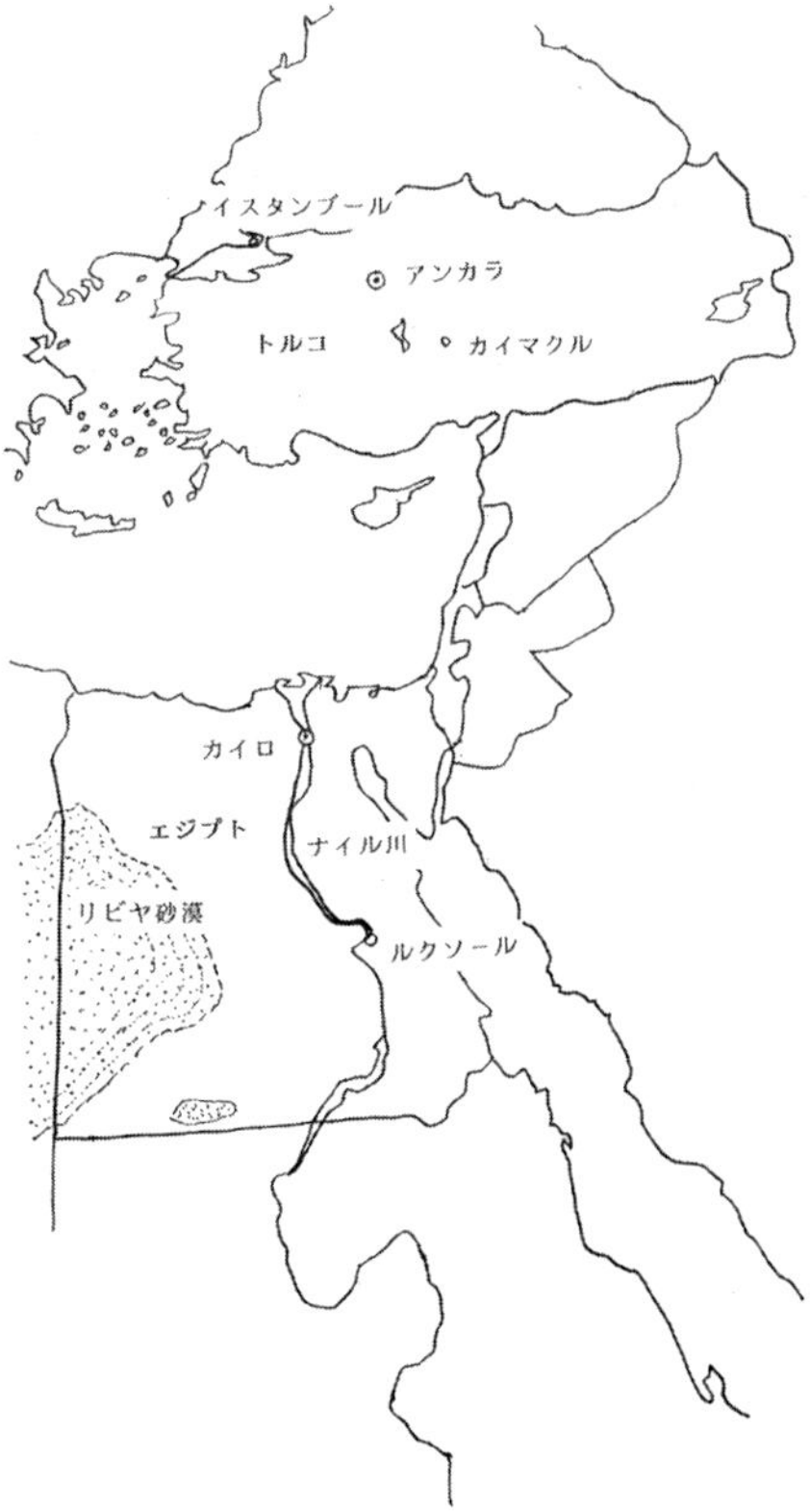

自分の目で、イスラム社会を見たい！

もう何千年も前に発展を遂げてしまった国や、発展途上の国々を歩いていると、ぬるま湯の生活でたるんでいた私の身も心も、むち打たれた競争馬のようにしゃきっとしてくる。生をうけた瞬間から、豊かで楽しい道が用意されている人もいれば、肢体を血だらけにしていばらの森を自分の手と足で開いて行かなければならない人もいる。神から与えられた試練とはいえ、あまりにもむごい。

ハンセン病患者や両足のない子どもの物乞いに出会った。豊かな国では虫でさえ食べ物をあたえられ保護されるというのに、ここでは人間の尊厳はどこにあるのか。インドへ行ったあと、そんなことを考えながら、トルコとエジプトへ向かった。

思いのまま街を歩きたいと、個人旅行用のガイドブック、ありきたりのガイドブックといつものように周到な計画をたて、あとは飛行機の切符を手に入れるだけという段階になって、満席という返事。

日本は豊かになって、一九八〇年後半から、定年退職者たちは暇がある、お金があるで、海外旅行を楽しみだし、夏場はほとんど満席状態となった。一九八〇年前半には、七月二十日から八月二十日までの間を避ければ、一、二か月前の予約で簡単に切符は手に入ったのだが。

仕事があると、思うように日程をずらすこともできない。今年はあきらめ、来年にしようかと迷ったが、関空が開港するまで、夜の九時以降の離着陸ができない大阪の飛行場は、延期すればするほどますます不利になりそうで、結局気の進まないグループツアーに参加して、エジプトとトルコを廻った。

物を盗られる心配とか、ホテルや乗り物の手配、重い荷物を運ぶ必要もなく、皆の後にくっついて行けばよかったので楽ではあったが、創造性には欠け、印象の薄い旅になった。

現地の人と話が弾んでも、団体行動では、はい、さようならと次の名所へ移動せざるをえない。日本人の考えは大きく違わないから、はっとするような会話もない。そんな人たちばかりと同じバスに乗っても、日本にいるのと同じぬるま湯につかった状態で緊張することもないし、「なるほど、こんな生き方や考え方もあるのか」という場面にでくわすこともない。

自由に闊歩することは危険と隣り合わせになるかもしれないが、現地人との接触の機会は多い。発展途上国では歩くことが多くなる。手や足の先だけバスの中、身体はほとんど外といったブドウのすずなりのようなバスに、運動神経が鈍感になった私はとても乗れそうにない。タクシーも、どこを通っているのか、遠回りされても初めての地ではわからない。となると、やはり歩くだけ。

インドでは一番安かったリキシャ（輪タク）に乗り、ホテルの前で降りると、三倍の料金を言う。

「五ルピーだと、あなたは言ったじゃないの」と私が言うと、

「駅の裏から出ると近道でその値段、あなたたちは駅の前から出たから遠回りになり、十五ルピーになる」とリキシャの若い男は言う。

「乗るときにそのことを言うべきだった」と私が怒ると、ホテルの受付係は何があったのかと飛び出してくる。

私が経緯を説明すると、ホテルの従業員はリキシャの男の言うとおりだと言う。ホテルの者は後でリベートをもらうのだろうと疑っていたのでは、途上国の旅はできない。豊かになった私たちの金額からすれば、三倍の料金もさほど高くはないし、豊かな国の者が貧しい者の援助をしたと思えば腹も立たない。

歩いて行くということは、行動範囲は限られるが、現地の人たちの生活状態が観察できる。ときには大人や子どもたちが、ネックレスやら絵葉書などをいらないか、とどこまでもついてくる。名所を案内してやると言ってくる男もいる。

勝手についてきて説明しておいて、あとになってお金をくれと言うから、日本の感覚からすると腹の立つことばかりだが、仕事のない彼らにとって、自分の食べる物ぐらい自分で稼がなければならないのだろう。少しでも恵んでやるつもりでお金をやるか、お金をやりたくなかったら、説明する前にあっちへ行ってくれとはっきりと断るのがいい。

私は相手の感じを見てから、決めている。善良そうな人だと勝手に説明してくれても、わずかなお金をやり、煩わしいと感じるときには初めに断っている。

そしてときどき思うには、昔、日本もこんな状態だったのだろうかと。第二次大戦後アメリカ

軍が日本に駐留していたとき、
「アメリカ軍からチョコレートやチューインガムをもらった」
「黒人のほうがよくくれた」
「キリスト教会で、戦後すぐのクリスマスに、お菓子の袋をもらってとても嬉しかった」
と回顧談を語る人たちの話に耳を傾けていると、私が発展途上国で経験しているのは、昔貧しかったころの日本の社会と同じだなと思う。

豊かになるということはなんていいことだろう。お金を貯めて、好きなところへ行くことができる。そして幅広い知識をつけると、また創造性が拡がり、さらに豊かになる。

ぜひ自分の目で、イスラム社会の人々の行動を見てきたかった。欧米の合理的な発想には、随分なるほどと感心した点が多かったが、イスラムの考えは、全く異質な社会で生活してきた者には不可解なことが多い。といっても、今までの私のイスラム知識は本から得たものと、テレビ、新聞からの断片的情報だけである。

偶像禁止の厳しいサウジアラビアでは、みやげの人形でさえ首を税関で全部切り捨てられると聞くと、私の好奇の血が騒ぐ。

しかしイスラム教の影響が強いサウジアラビアかイランへ行けば、女性の立ち入り禁止場所が多く、思うような観察はできそうにない。好奇心旺盛な私などは、むち打ちの刑に処せられるか、石投げの刑にあい、生きて帰れないかもしれない。運良く生きて帰っても、二度と見られない顔になっているのじゃないかと心配して、せいぜい西洋化されたトルコとエジプトぐらいで我慢することにした。

しかし私が中近東周辺へ行きたいと思ったときには、いつも近くで戦争があり、不穏な状況になった。イスラエルへ行ったときには、レバノン戦争たけなわだったし、今回はイラクのクェート侵入で、いつ戦争が始まるかハラハラするような状態だった。

トルコ　カッパドキア

トルコ(1)　楽しいバザールと不自由なトイレ

そんな人間のおろかな行いとは対照に、イスタンブールのマルマラ海は穏やかだった。強い太陽の光が海に反射して、波の動きが一層周囲を輝かす。

三叉路で、どの車も好き勝手に動いていくから、車がつかえて前に進まない。お互い譲り合おうとしないで、窓から身を乗り出し、運転手たちは怒鳴りあっている。牛の歩みより鈍く、車は動いていく。

屋台にのせたすいかが美味しそうだ。暑さもふっ飛ぶだろうと、ものほしそうに私は見ていたのにちがいない。

添乗員が、「すいかを買うのなら、丸ごと買うこと。切ったのは汚いかもしれない」とマイクで叫ぶ。

ロマンティックな気持ちに浸っていた私は、現実の煩わしさに引き戻されてしまった。

トルコの朝は、コーランの祈りの音で起こされた。空の黒さが消え去っていくが、太陽の光はまだ見えない。

一日が始まる祈りは、私には目覚ましになった。悠長なコーランの響きは、暑い熱帯の空気と調和するが、寒いところであの響きを終わりまで聴けば、凍死してしまうだろう。木々もない四十度を越える強烈な陽の下で、ドラムのような強い音は頭を殴られたように神経にさわるが、このダラダラ引っ張るような呼びかけの音は、つらさや悲しみを語っているように聞こえる。

バザールでの駆け引きはだんぜんに面白い。そんな高い値段では買わない、と言えばだんだん値段を下げていく。

ちょっと変わったものがあるから見ていたのに、買う意志ありとみたのか、値段を言ってくれる。別のものを見るとその値段も言ってくれ、これは品質が良いから高いのだとか、いろいろ説明してくれる。

「でも、ちょっと高いな」と言うと、少し下げた値段を言う。

それでもまだ高いと言うと、もっと下げる。

買う気がなかったので、「もういいわ」と店を出ると、通りまで追いかけて来て、「それならいくらなら買うのか。もっと他のものもある」とまた私たちが店に引き返すように、強引に言う。

かなり低い値段を言うと、「これならその値段になる」と少し品質の劣る別の物を出してくる。

バザール

どうしても前のが欲しいなら、向こうが最後に言った値段で買う。

駆け引きのこつがわかってくると、買い物がとても面白くなる。買う品より、駆け引きに熱が入り、「誰か他に買う人はいない？」と他の人の買い物まで請け負って、私は駆け引きを楽しんだ。

しかしあるときひどく安くしてくれたので喜んで買うと、どこか見えないところが壊れたのをくれた。

インドやネパール、トルコ、エジプトで値段が定まっていない物の買い方を十分に学んだ。どうしてもその値段でその物でなければ買わないと言うと、ボールペンを持っているかと言われ、ボールペンを二本やって安い値段で買ったこともある。

どこかの国の昔話で、物々交換してだんだん悪い物を手にする、阿呆な男の話が頭に浮かんでくる。しかし最後には、そのつまらない物の中から金が出てくるのだが、今の世に金など出てくることはあり得ないだろうから、きっと阿呆な取引で終わってしまうのだろう。

イスラム教国へ行くと、トイレに不自由する。

彼らはトイレット専用のペーパーを使わないので、水洗便所がつまらないかと心配する。団体旅行だと比較的良い設備のところに連れていってくれるので、トイレ設備はどこもまずまず良かったが、西洋化しているトルコやエジプトでもペーパー入れという大きなカゴが置いてあり、流したらつまるのか流していいのか困ることがある。

流してしまえと水を出しても、ペーパーはぐるぐる回るだけで流れていかないところもあった。

流れない濡れたペーパーを引き上げるのも不潔だとほっておいたが、あとの始末を煩わせたのではないかと思う。

日本人のグループ旅行だったので、レストランもホテルもまず良いところへ連れていってくれ、私は全てに気をゆるしていた。繊細な日本人を連れていくところは、特別に気を配ってくれているものと安易に考えていた。

皆が、これは味がおかしそうだという食事も、私は「おいしい、おいしい」と全部食べていたのがいけなかった。

夜に、猛烈な腹痛と下痢で、一晩中トイレへ走りっぱなし。昔、祖母がジャガイモの芽にあたって、三十五回トイレへ行ったと聞いて笑い転げたが、三十五回どころでなかった。冷汗をかいて、救急車を呼んでもらおうかとも思ったが、何とか朝までに峠を越した。

次の日の旅行はキャンセルして寝ていた。午後には起きてホテルの近くを散歩しようと思ったが、それもできなかった。団体旅行だったので気をゆるし、薬も普通の胃薬ぐらいしか持っていなかったので、重い症状をおさえられなかった。インドへ行ったときには、抗生物質から抗菌剤まで用意したが、どれも使わなかったのに皮肉なものだ。

それからの二、三日は、初めのうちは紅茶だけで、食事をしなかった。その後少しずつスープをとって、消化の良い物から食べるようにしていった。ひどい食中毒の症状になったのは初めての経験だった。

生のサラダがよく洗われていなかったのか、色の悪いスープが腐りかけていたのか、何が悪かったのかわからない。

私は発展途上国で食べる物は、いつも火の通ったものと心掛けていたのだが、今回は生のサラダにも手をつけた。

商社に勤める知人が、外国に転勤した同僚で、生の魚を食べ、血液に巣くう虫が寄生して、第三者が見ても、あ、こっちに動いたと、その虫が動いているのを皮膚の上から見えるのだと話してくれたことがある。その地では、その魚を生では食べないらしい。

「今の日本の豊かさも、そんな日本の企業戦士の犠牲のおかげだ」と知人は言う。


昔、ロンドンからイスタンブールまで走っていた、高級列車オリエント・イクスプレスの客が多く泊まり、アガサ・クリスティも常宿して作品を書き、建国の父アタチュルクが長期に泊まった部屋のあるホテルに、個人で旅行したらぜひ泊まってみたいと思ったが、格式あるホテルは団体客はお断り。

せいぜい一階の喫茶店で、紅茶とケーキを味わうだけで我慢をする。その喫茶店は、私の目にはひどく狭く感じられた。家具は現代調のけばけばしさがなく、古く重厚だったので落ち着いた雰囲気ではある。この二人のこの地で活躍した姿を想像しながら、ゆったりした気分で紅茶を味わった。

トルコ(2) 地下都市カイマクルへ

トルコの地下都市カイマクルは、キリスト教徒がイスラム教の迫害を逃れて、狭い石穴のような地下都市に一万五千人もの人が何十年も住んでいたという。

空気穴はあっても、太陽も射さない薄暗いじめじめした閉鎖的な穴蔵のような生活。九キロもトンネル状になって地下八階まであるらしいが、四階まで見学できる。

石は柔らかく掘りやすい地質らしい。しかし頭を下げて、一人がやっと通れる幅の通路を歩くのは、とても苦痛だ。

石のでこぼこは何に使われたのか。台所だったり、教会だったり、ワインを作ったと思われる場所もあった。

太陽も空気も空間も思う存分にあるところから、こんな暗い閉塞状態のところで生活せよといわれると、私など三日ともつまい。熱帯地方では洞窟の中のほうが涼しいのかもしれないが、一日のうちの短時間をここで暮らすならまだ我慢できるが、年中この穴の中で生活をしなさいといわれると、私は一週間も生きられないだろう。心も身体も蝕まれてボロボロになり、発狂してしまいそうだ。

でも、ここで生まれてここでずっと育った人には安住の地なのだろう。地上に出ると殺されるという恐怖心が、人を忍耐強くさせたのかもしれない。

私は暗い地下の通路を頭が天井にぶつからないかと心配しながら、ヨタヨタと歩いていた。忍耐の生活は、強い者だけが残っていく。穴から出て来たときには、広い空間に向かって、両手を拡げ背伸びをした。ほんの三、四十分、狭い洞窟を腰を曲げて歩いただけで、身体が痛い。

地下都市を出ると、草がわずかに残る砂漠地をぬって舗装された道路が続いている。その間を、昔キャラバン隊が宿として使った土の家がところどころに見える。

キャラバンは一日二十キロ進んで行ったそうだ。宿には最高、人間が二十人と動物が二十匹（ラクダが大半だったろうから、二十頭？）泊まることができたらしい。大半は屋根がなかったが、冬の宿には屋根があったようだ。でも暖房まではなかっただろう。

今では舗装された道路にかなりの数の車が走っていたが、歩いている人はどこにも見えない。民家がないのでそれも当然のことかもしれないが、昼だけでなく夜でも、

カイマクル

何百キロ、何千キロと疲れもなく走る車ができると、草木さえない砂漠地で宿をとる気持ちも起こらない。道路はただ、次の目的地をつなぐ線の役目しかない。

私たちのバスの上を、トルコ軍機が三機、爆音をたて飛び発っていったときには、戦争が始まったのだろうかと不安になった。私はトルコ語もアラビア語もできないから、早い情報は得られないだろう。しかし紛争当事国でないから、すぐの被害はあるまい。

その砂漠地で、我々の観光バスのタイヤがパンクした。バスの助手が、大車輪を外すのに熱射のなかで汗をぬぐいながらの大奮闘。車体を持ち上げる器具も行きずりの他のバスを止めて借り、予備のタイヤでさえひどく磨り切れた古いのしか持っていない。

きつくしめられたボルトをゆるめるのに時間がかかり、タイヤ交換に二時間もかかった。運転手は全然助手の手助けをしようとはしない。バスの中に乗ったまま。二時間も無駄な時間が過ぎたので、途中の休憩が削られ、予定の名所も閉まっていたが、そこは発展途上国、特別にお金をやって開けてもらう。

タイヤがパンクして修理中

エジプト(1)　カイロの街とピラミッド

トルコよりもっときつい旅になるだろうと言われた、エジプトへ飛んだ。首都カイロの大通りは車が多い。そのうえ、信号を無視して走るから、横断歩道が危なくて渡れない。エジプト人が渡ったときに、一緒に横について走ったが、そのエジプト人が車にひかれると、私もひかれるという他人任せで走る。わずかに車が切れたとき、広い道路の真ん中まで走り、そのあとまた車の切れ目を待つ。昔の日本も信号を無視して車が走っていた。しかし今では皆規則を守っているから、私たちはそんなに神経を使わずに横断できる。

車が急に横から出て来ても、ブレーキをかけずアクセルを踏んで先に擦り抜けろと言われているらしいが、運動神経が鈍っていては命が危ない。私たちの乗った観光バスも、何度も急ブレーキで停まり、顔や身体がどこかにぶつかりそうになった。

中心地の商業地域から外れると、全く違った風景が現れる。ナイル川のとうとうと流れる水にそって、なつめやしの木が続き、町に豊かな緑をあたえてくれる。しかし、灌漑がないここからは草木がないと説明してくれた地を見ると、黄土ばかりの砂漠地が拡がっている。そこでは、陽の光がひどく強く照り返す。

太陽がまだ十分に顔を出さない早朝の爽やかな空気につつまれ、ホテルのバルコニーから三大ピラミッドを眺めた。

木も建物もない空と黄土地だけの視界に、ピラミッドだけが、朧気に立っている。

ピラミッドが見えるホテルの位置は良かったが、五つ星にしてはお粗末なホテルだった。風呂の湯がよく出ないし、バスタブなどの設備も古く、管理が行き届いていない。

飛行機の中で、隣のエジプト人ビジネスマンと話をしていたら、彼は、「昔は良いホテルだったが、今は管理が悪くて建物がいたんでいる。今では三つ星クラスだ」と言ったが、その通りだった。

そんな負い目もあったのだろう、ホテルからのサービスで全員に帽子をくれた。

あとで知ったのだが、エジプトは最初に認定したままで、改定はないようだ。


紀元前三千年に造られた石造りのピラミッド。つまり今から五千年も前に造られた一四〇メートル余りの高さのピラミッドが、砂漠の中に二つも三つも聳え立つ。

一千年前のことでさえ今の時代からは想像もつかない。五千年前の人々の生活など、どんな服を着て、どんな家に住んで、どんなものを食べていたのか、私たちの今の生活との結びつきは考えられそうにない。

エジプトにはそれが線になっていなくても、点としてでも残っている。長い年月をもちこたえられる石は強い。

ピラミッドは王たちの墓であった。当時彼らは皆、財宝を自分の死体と共に持っていき、子どもや孫に残すという発想をしていないのが面白い。

ピラミッドの中は外の暑さに比べて涼しかったが、その中心まで行く通路の天井が低く、中腰でかなりの階段を登るのには骨が折れ、汗がしたたり落ちた。王たちは財宝を盗られないようにいろいろ工夫したようだから、快適に中に入れると考えるのは少々浅はかでもあった。

ピラミッド

スフィンクス

空と土だけの視界に聳えるピラミッドを見ていると、五千年の昔に戻っていくような気がする。周囲は木も草も花も何もない。車さえも見えない。ラクダと人がわずかに立っているだけの地では、時間はゆっくり進んでいるような気持ちになり、気持ちは落ち着くが、陽の光が強烈で、時がゆっくり進むところでずっと立っていたいという気持ちは起こらない。

それが日本に帰ると、時間は流れ星のごとく去っていく。何故だろう。物が次々に目の前に現れ、消えていくからだろうか。私は日本では走っている。毎日走り過ぎ、頭も身体も疲れ切って、ときどき「時間よ、止まれ」と叫びそうになる。

砂漠の中にいると、熱を遮る木々もなく、目がくらみ、地面に叩きつけられそうになるほど、強い太陽の光がまともにあたる。地上の生きものは全て溶かそうとしているのではないかと思えるほど、陽は強い。

夜がくると、強い太陽は見えなくなり、張りつめた周囲のものはすべて弛み、月が出ると、月の弱い光は微笑んでいるように見える。暑さが去り、風があると、気持ちの良い涼しさになる。

月の存在はありがたく、暗闇の行く手を照らしてくれる。

そんな地形のためか、現地の人たちは、日本人のように太陽をありがたいとは思っていない。

エジプト(2)　ルクソール、王家の谷へ

カイロから豪華寝台列車に乗って、王家の谷のあるルクソールへ行った。

カイロ駅のプラットホームは比較的広々として清潔そうであり、夕方、陽も傾き涼しくなると、列車を待つのも快適だった。

古くペンキの剥げた列車が次々到着するのと比べ、豪華寝台列車は新しい車体だった。ドイツでつくられた車両はドイツ人気質そのままの、合理的で重厚なつくりだった。通路に面した客室のドアの鉄板が厚く、蝶番に手を挟まれると、指が切れてしまうということだった。鉄板が厚いから、ドアを閉めてしまえば、外の騒音は聞こえない。

また部屋の壁側にあるついたてから鉄板を引き出せば、大テーブルになり、食事も書き物もゆっくりとできる。テーブルに用がなければ、鉄板をついたての中に入れ、空間を広く使う。

ベッドの下からはしごを取り出して立てかけると、二階のベッドへ登ることができ、ベッドを使わない昼間は下段のベッドの下に入れて、空間をすっきり使う。

窓のブラインドの角度を動かすだけで、外が見える。

ドイツ人たちのグループも一緒だったが、彼らは陽気だ。歳をとった人も若者も通路に集まって歓談したり、誰かが音楽をかけると踊ったりと、十一時までどんちゃん騒ぎのようだったが、

さすがに十一時になると、ぴたっと止めて静かになった。もちろんまだ何人かはドアを開けて、部屋のなかで歓談してはいたが、他の人に迷惑のかからない態度だった。

日本人ばかりの車両に行くと、乗るとすぐ皆、個室に入ってしまい、ドアまで閉めてしまっている人たちもいる。全体が静かな車両だったが、若者ばかりだと日本人は夜中まで騒ぎ、人の迷惑など考えないだろう。日本の大都市はどこにいても騒音が聞こえ、皆、音には鈍感になっている。騒音を出したという認識さえないことが多いから、困りものだ。

食事は車掌がトローリーで、部屋まで運んでくれた。もちろんラウンジへ行って、夜遅くまでアルコールを飲んでもいい。ドイツ人や他の欧米人たちはラウンジで歓談していたが、日本人には誰にもお目にかからなかった。こんなところでも国民性がよくわかる。


ルクソールの駅には、朝の七時過ぎに着く予定だが、昼までに着いたらいいほうだと言われると、何とも悠長なことよと思える。

「もう五、六分で着くから荷物の用意をして、通路に出てください」とガイドの声で、皆、通路に出たが、それから一時間ほどかかってやっとルクソール駅に着いた。

王家の谷には午後に行ったが、砂漠の中にあるハトシェプト王女葬祭殿の辺りに人は一人もいない。周囲にバラック造りの土産物店がかなりあったが、全部閉まっている。四十度を越える暑さでは、猫の子一匹とて動いていない。観光客はほとんど朝に来るらしい。

えぐられたような大岩石の絶壁を背に、そびえたつハトシェプト王女葬祭殿を見上げると、怯みそうな威圧感を感じる。草木も生き物も音もないこの谷間に立っていると、周囲の静寂と威圧的な歴史の重みで、過去の亡霊につきまとわれそうな感じに襲われる。

ツタンカーメンの墓の中では写真撮影禁止だと説明があったが、誰かがフラッシュをたいて写真を撮った。口髭をはやした受付の大男が飛んできたが、ガイドがドル札をやって見逃してもらった。中年の男が規則を破るとは、なんて無様なこと。

ツタンカーメンの墓は修復されるため、一か月後に閉じられるという。いつ再開できるかわからないというから、まず日本人の感覚とは随分違う。つまり彼らには修復がいつまでかかるのかわからない、修復ができたら開けるということ。それは神のみぞ知る。明日のことなど知るよしもないのに、膨大な計算をすることも無意味というわけだろう。

アガサ・クリスティの作品に出てくる豪華客船にぜ

ハトシェプト王女葬祭殿

ひ乗ってみたいと思ったが、カイロからルクソールまで、船は十日も二週間もかかる。十日や二週間ぐらいゆっくりしなければ休暇とはいえないのだが、典型的な日本人の駆け足の旅ではとても無理であった。カイロで夕方わずか二時間余り客船に乗り、つかのまのその気分を味わう。

楽団に合わせて、お尻をひどく振るベリーダンスを見ながら、バイキング式食事とワインを味わう。陽が沈む船上は涼しく、悠々と流れるナイル川はこれからも何千年と変わらず流れ続けるのだろうかとしばしの感傷に浸っていた。

船上でのベリーダンス

Chapter 5

世界を巡って、日本で考えて

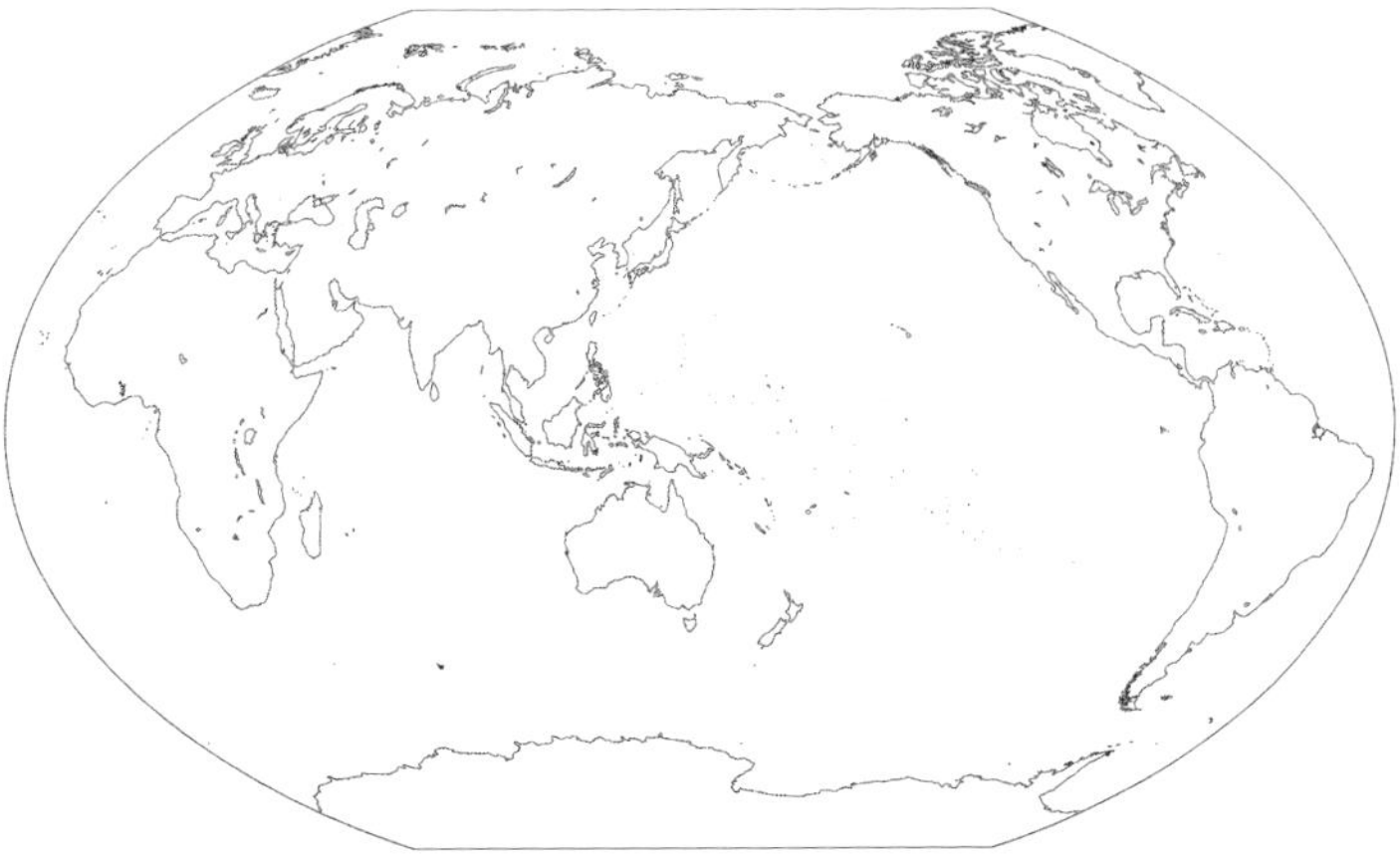

ブルネイ――王様とイスラムとジャングルと

王様（スルタン）が石油と天然ガスの利権を握っていて、それで国が整備できるので、一般庶民は税金がいらない国。

二十年前にも行ってみたいといろいろ試みたが、イスラムの国、女性一人では歩けない。二人以上なら問題はない。名所旧跡は少なく、団体ツアーもなくて、行くことのできなかった国。今回ＩＢＢＹ（国際児童図書評議会）の国際会議で、インドネシアのバリ島へ行った帰り、友人が一緒に旅してくれることになり、二十年の思いがやっと実現した。

シンガポールから飛行機で約二時間。シンガポール航空で行くと、航空運賃が高く、半額に近いロイヤルブルネイ航空を使った。ロイヤルブルネイ航空は行きも帰りも、一列六席の小型機だった。ブルネイの正式名称はブルネイ・ダルサラーム。英語発音はブルナイ。一九八四年にイギリスから独立した。

シンガポールで、「明日ブルネイに行く」と私が言うと、タクシーの運転手や観光バスの運転手は皆、軍隊でブルネイに行き、ジャングルばかりだったと言う。ジャングルの中に入ると、街に戻って来れないのだと冗談を言う。そんな表現が正しいように、熱帯雨林に覆われたボルネオ島へ飛行機は降りていく。

飛行機が到着すると、真ん中の通路を通って、ビジネス席にいたダークスーツの男たちが、後ろのタラップから降りていって、車で走り去った。そのあと一般乗客もタラップから降りるものと思ったら、飛行機は動いて、ボーディングブリッジから降りることができた。ＶＩＰの特別待遇があったため、空港ビルに入るまで二、三十分余計にかかった。

観光目的の団体旅行は少ないから、空港ビル内の人も多くないし、店も少なく空港ビルは狭い。長いこと使っていなかった米ドル旅行小切手をここで使い切ろうと思ったら、空港ビル内の両替銀行は旅行小切手は使えないと言う。仕方なく、日本円の現金をブルネイドルに替える。

ブルネイドルは日本では円に替えてくれないから、全て使い切らなければならない。買いたい物がなかったから、残ったブルネイドル十ドルを、ガイドがシンガポールドルを持っているというので、シンガポールドル十ドルに交換してもらった。シンガポールドルとブルネイドルは、ほぼ同じレートとガイドブックにあったが、空港内で替えた明細書を見ると、ブルネイドルのレートは少し悪かった。ということは、日本円の価値が下がったのか、ブルネイのドルが強いのか。

最高級のホテルを予約しておいたので、タクシーで十五分ぐらいのところにある市中のホテルへ行く。オートバイは一台もいない。車も新しいものばかりで、排気ガスの問題も見られない。あとで一日ガイドを頼んだ男性から、車は高いがガソリンがひどく安いと聞いた。

首都バンダル・スリ・ブガワンは広くなく、観光名所はゆっくり廻っても、一日あれば十分だった。

ホテルのロビーには、冷たいカモミールティーとパイナップルジュースが、自由に飲めるように置いてあった。費用もいらない。レストランが開いていない早朝には、そこにコーヒーと紅茶が置いてあった。

ブルネイの高級ホテルには、アイロンとアイロン台が置いてあったし、パジャマの上に羽織るガウンもあった。もちろん他の外国のホテル同様、パジャマはない。

歩道はモザイク造り。幅は広くないが、市の中心部でも歩いている人はとても少ない。車道は広く車が多く、信号は大きなボタンを押すと、緑の人間の標示が必死に走っている動きに変わる。

モスクでは靴を脱いで、女性用に長い黒いマントがハンガーに吊ってあったので、それを羽織って見て廻る。床も柱もイタリア製の総大理石。どのモスクも豪華な造りで、国王が全て資金を出したとのこと。昔世界で一番金持ちだったこともある国王。ニューヨークのホテルで、一フロアー全室を貸し切ったと新聞で読んだことがある。モスクの外側の通路のようなところでも、男性が祈っていた。

水上集落へも小舟に乗って行った。階段から舟の舳先に乗り移るとき、波で舟が揺れ、年とった者には足元が危なっかしくなる。外国人だけ、浮きジャケットを貸してくれる。舟を降り、集落の通路になっている板の間から、波打つ水が見える。古い板が破れて、落ちないかと不安だった。

観光客を受け入れる家の広い応接間で、紅茶と独特のお菓子をいただく。水上の学校も舟から見える。水上生活をしている人たちの駐車場は、対岸にある。

ロイヤル・レガリアは王室の史料館で無料だったが、入り口で全ての持ち物はロッカーに入れるように言われる。私たちは外国人で、重要なパスポートもあると、私はロッカーに入れたくないと言ったが、鍵をかけられるから大丈夫と言う。国によっては、鍵も信用できないときがある。そんなときのために、私はいつも大事な物を入れて首から下げ、ブラウスの下に入れているので問題はないのだが。

靴も脱がなければならなかったが、途中でトイレに入ると床は濡れていて、トイレ用の履物もなかった。展示物は国王の即位行列などの様々な写真や金銀品、二人の王妃の衣装など豪華であったが、トイレはそんなにきれいではなかった。今、王妃は三人だそうだが、展示の衣裳は二人の王妃用だけだった。服の色と柄はよく似ていたが、型は違っていた。

一日観光案内を頼んだガイドは、マレーシアに妻子を残してブルネイで働いている。「ブルネイでは税金がいらない」と言う。

新しいショッピングモールに行ったが、ショッピングモールはどの国も同じような造り。そこでコーヒーを飲んで一息する。開架式喫茶店は若者好みの店。

土産物店に行ったが、何も買いたい物がない。木彫りの背中掻きを買った。

言葉はＡＢＣ表記のマレー語なのに、至るところにアラビア文字も書かれていた。イスラム教にとって、サウジアラビアにある聖地メッカには、巡礼に行くこともあるからなのだろう。

ボロボロ穴開き紙幣！――世界の貨幣・紙幣の思い出

二十数年前にタイ、バンコックに旅行したことがあった。タイの通貨バーツが少し残ったので、またタイ航空を使うこともあるだろうと持っていた。

ネパールへ行ったとき、タイ航空を使ったので、バンコックで乗り換え、待ち時間に空港ビルの店でジュースを飲もうと思い、若い店員にその札を出すと、こんな古いお金見たことがないと言う。

近くに両替銀行があったので、新しいお金に替えてほしいと頼むと、「そのお金で使えます」と、両替内にいた女性は言う。

「あそこの店でジュースを買おうとしたら、こんなお金見たことないと受け取ってくれない」と私が言うと、私の持っていた旧札のバーツを全て新札に替えてくれた。店員は若い子だったので、旧札など見たことがなかったのだろう。

あとで国際会議に出席していたタイ人にこの話をすると、古い札はプレミアムがついて、金額より高くなっているはずだと言う。

その一年後にインドネシアのバリ島へ行ったときも、私は二十数年前にインドネシアに旅したことがあったので、インドネシアのルピアを少し持っていた。インドネシアでも、古い通貨はもう使われていなかった。昔の札の方がゼロが少なく、今はゼロの数がひどく多くなっていた。何万、何十万のルピアのゼロは、数えるのが難しく、物の価値が高いのか安いのか、すぐ換算しにくい。

昔、一九七〇年代に住んでいたドイツで、ドイツ人に一万円札を見せると、「ゼロが四つもついている。それはどのくらいの価値があるのか」と尋ねられた。私が相当の金持ちかと思ったようだが。当時ドイツはマルクの通貨だったが、「一〇〇マルク」とこたえると、「たった一〇〇か」と失望したように言われた。

その頃ドイツでは日本円で、一〇〇〇〇〇円になる一〇〇〇マルク札もあったが、それでもゼロが三つ。

米ドル、ドルの名称を使っている他の国々や、英ポンド、EU諸国のユーロ、ロシアのルーブルなど、一〇〇になると別の呼び名の通貨を持っている。つまり一〇〇セントで一ドル、一〇〇ペンスで一ポンドと、ゼロが少なくなる。呼び名が一つだけの国は、どこもゼロが多い。

日本もゼロの多い国だが、国内だけにいると気にならない。他の先進国と比較すると、ゼロが多いわりに価値がないなと感じる。一時デノミをする、しないの意見があったが、最近その話も全然聞かない。経済が繁栄して円も強くなり、ゼロのことも気にならなくなってはきたのだが。

長い間米ドルは変化がなかったが、数年前にカラフルなドルになった。一ドル通貨は以前と同じだが。
インドネシア、バリ島の入国窓口で、二〇一三年五月ビザの代金を旧札米ドルで払おうとしたら、古い札は受け取らないと言う。役所は旧札を受け取らなかったが、民間のホテルなどは問題なかった。折り目もない、今まで使われたこともない、印刷所から出たばかりのような札だったので、北朝鮮が作ったニセ札と間違われたのだろうか。
アメリカ合衆国ならともかく、外国で旧米ドル札はどんどん扱いが難しくなるだろう。早く使いきりたい。

ネパールの銀行は十時から十五時まで。両替屋は朝早くから夜遅くまで開いていて、どの店の前にもレートが書いてあり、替え易かったが、旅行小切手はだめで現金だけだった。両替屋では交換した控えもくれないから、ネパールルピーが残ったときに、外貨に替えることはできない。銀行では必ず替えた額の控えはくれる。もちろん替えた額の十五パーセントしか、外貨に替えられないのだが。旅行小切手はもう廃止された。

シンガポールドルとブルネイドルは、熱帯地方を思わせる明るい色の紙幣だった。ブルネイドルの方が少し重い色合いで、もちろん国王の肖像画が入っている。

＊　＊　＊　＊　＊

一九七〇年前半に住んでいたドイツのマルクも持っているが、今ではユーロになってしまった。一九八〇年代に二度訪れて使ったが、また行くこともあると残ったのを持ったまま。ユーロに変わったとき、交換に関する情報が日本では身近になく、仕事が忙しくて、調査しないでそのままになっている。たいした金額でもないからという理由もある。

スイスのフランは強い通貨で、下がることが少なかったので、持っていようとそのまま持っている。スイスフランは、ユーロに変わっていないが、四十年ほど前のお金は、タイと同じように新紙幣に変わっていないことを願っている。しかしもう歳をとって、今ではヨーロッパに行く機会もないだろう。

十年ひと昔というが、三十年、四十年は三昔、四昔。スピードの速い今の社会は、三十年以上の歳月は昔物語の世界に入るだろう。

インドの項で前述したが、紙幣の思い出は、インド銀行でもらった、たくさんの穴の開いたもの。リキシャ（輪タク）のおじさんに、その穴の開いた紙幣で払おうとしたら、「私たちは穴の開いた紙幣は使えない。あなたたちはホテルで替えてもらいなさい」と言う。有名な観光地タージ・マハールの町アグラで、一番いいムガールシェラトンというホテルに泊まっていたので、フロントのキャッシャーで何の反論もなく替えてもらった。

ホテルの食堂で食事をしていたら、アメリカ人の団体客と同席し、年配のアメリカ女性が、「高級ホテルでも、穴の開いた紙幣でおつりをくれる」と、苦情を言う。

インド人のインテリにそのことを話すと、

「穴の開いてない紙幣をくれ」と言わないからだと、忠言してくれる。

飛行場内の名だたるインド銀行で両替したのに、そんな指示をしなければいけないインドの社会の混沌。

インドより貧しいと思われるネパールでも、そんなたくさんの穴の開いた紙幣を手にすることは、一度もなかった。ネパールには教育支援のＮＧＯで五回行った。

日本に帰ってきて、紙幣は交換してくれるが、コインはできないので、いろんな国のコインが山ほどある。国によって、紙幣より高い価値のコインもある。安い紙幣は交換できるのに、高価値のコインができない。

発展途上国の飛行場には、観光客などが残ったお金を寄附してくれるよう、お金を入れるボックスみたいなものがある。ひどく汚れたお金は入れたことがあるが、新しい札やコインは記念にと持って帰っている。若い頃は、また行く機会があるかもしれないと考えていた。

ドルで送ってくれ ― 著作権交渉でみた文化の違い

一番印象に残ったのは、ガーナの国である。発展途上国はどこもドルでほしいと言ってくるが、ガーナも例外ではなかった。ニューヨークのシティバンクの二階を経由して、ガーナの指定銀行の支店の自分の名前のところへ送れとの指示だった。しかし口座番号がない。

当時外国の取引に関しては、一番情報通だった東京銀行で、口座番号がなくても送れるかどうか尋ねると、口座番号は必要とのことで、アメリカのシティバンク経由と何回も書いてくるから、神戸にシティバンクの支店があり、尋ねてみても、口座番号なしでは無理という。なぜシティバンク経由なのか、理解できなかったが、そこでドルを調達しなさいという意味だったのかもしれない。

友人たちにそんな事情を話すと、「みんな貧乏で、預金などしてないんじゃないの。預金者が一人や二人だったら、口座番号がなくてもわかるのよ、きっと」と冗談を言う。

『口座番号がなければ、送金できないと銀行が言っている』と急いで手紙を書いたら、すぐ口座番号を書いてきたが、今度は指定の銀行名も支店のつづりも違う。ほんの少しの違い、つまりナショナル・セイビングズ・アンド・クレディット・バンクがナショナル・セイビングズ・アンド・クレディ・バンク、支店のコトバビ支店がコトババ支店となっているぐらいだが、それでも同じような名前の銀行が別にあれば困ると思い、東京銀行へ行って、ガーナの全銀行のリストを見せてもらったが、クレディットもクレディも両方ともリストにはない。まあ急いで書いたので、つづりが間違ったのだろうと、先に来た手紙の銀行名と支店のつづりで、口座番号をつけ加えることにして送金したが、東京銀行では『お金が着かなくても、東京銀行に責任はありません』という念書を書かされた。〇月〇日、〇ドル、東京銀行神戸支店から、相手の銀行、口座番号のところへ送ったと手紙を書いたが、そのあと何も言ってこないから、無事お金は着いたのだろう。

他に印象的だったのは、アメリカ合衆国。お金、お金という国だけあって、他より三倍の金額を要求してきた。半額ぐらいしか出せない、それでも他国の平均より高い。もしそれでだめなら、アメリカの作品は載せないと手紙をすると、それでオッケーの返事をもらい、問題なく解決した。カナダも高めの値段を言ってきたが、アメリカより返事が早かったので、一応要求額で了解したが、アメリカ合衆国、カナダは隣国だけあって、かなり似た発想、お金主義なのだろうと感じた。

チリ、インドはドルでほしいとのこと。チリはスペイン語圏。私は英語で交渉していたが、いつも返事はスペイン語で書いてきて、私の英語は理解したような返事なのに、どうしてスペイン語で書いてくるのか。私はスペイン語がわからず、東京の友人のほうに何度もまわして訳してもらわなければならなかった。友人曰く「英語を理解できるが、書くのはできないのだろう。読むのは辞書を引けばわかるし」ということだった。

ヨーロッパ諸国、イギリス、ドイツ、フランス、ベルギー、オーストリアなどは何の問題もなく、こちらの意向を考えて、多少の高低はあっても納得できる線であった。

スペインは少々てこずった。著作権問い合わせの手紙すら上層部に着いていなかった。下部のどこかで止まっていたようだ。ビジネス郵便で追跡してもらうと、会社が受け取ったのまで確認ができたのに、会社内のどこで止まったのか、ファックスを送って、やっと上層部に着いていないのがわかった。ファックスを送る前に何度も郵便を送って苛々しながら待ち、スペインだけのために半年出版が遅れてしまった。

要求額もドルでほしいとのことだったが、銀行で訊くと、スペインに着いたあとスペインの通貨ペセタに換わるとのことで、ドルで送金しても、ドルが着いていないと苦情を言われたら困ると思い、『ドルでは送れない。今日のペセタの交換率で換えて、○○ペセタを送金した』と、送金後すぐに手紙を出しておいたが、それで納得したのか苦情は来なかった。

「インド、チリの分も現地の通貨に換わりますか」と日本の銀行で尋ねると、それくらいの額ならドルでもらえるでしょう、とのことだった。

送金方法も先進国は問題が少ないので、郵便局送りのポスタル・マネー・オーダーで送った。ポスタル・マネー・オーダーは手数料が安いので助かる。しかし発展途上国は着かない不安があったので、手数料が高くても銀行送りにした。問題がおきたとき、追跡してもらえると思ったからである。

ネパールの銀行はいつも五千ルピー（約六千円）を入れておかなければならない。店員の給料が一か月三千ルピーのところで、銀行口座に五千ルピーをおいておくのは難しい。銀行口座を持っていない人も多い。

＊以上は一九九〇年のことで、今では東京銀行は合併して名称が変わり、インターネットで交渉できるようになった。

世界を列車で旅して

長距離を新幹線で走り抜けると、冬の景色が一瞬のうちに変わっていった。

零下四度の寒波が来るとの予報があった翌日、十一月十七日に亡くなった叔母の三十五日で、広島へ行った。神戸の朝は晴れていて、霜がおりたような道を歩いて駅へ急ぐ。

米原周辺の雪で、列車の到着時刻は定かでなく、三十分遅れている。予約を入れていた列車が遅れているので、早い列車に乗りたく、プラットホームにいた車掌に、「早いのに乗ると、自由席の方に乗らなければいけませんね」と尋ねると、「指定席の人が乗ってくれれば、空いた席に移動してくれたらいい」とのことで、指定席の車両に乗車。日本海側はひどい雪らしく、そんな状態のときに移動する乗客は多くない。

姫路までは晴れていて、何の障害もなくすいすいと列車は走っていく。岡山に入ると、うっすらと雪が見え、トンネルを抜けると、雪は見えなくなり、太陽の光だけ。

やっと広島県の福山市に列車は停まって、晴れた町に雪は全然ない。次は広島に着くが、駅の手前で窓から外を見ると、景色は白一色。十センチは積もっているだろうか。広島は比較的暖かくて、雪など降ることは滅多にないと思っていたから、信じられない光景。

駅前のタクシー乗り場で、タクシーを待っていたら、新大阪で車掌にどの列車が早く来るのか尋ねていた中年の女性に逢った。

「お葬式に来たのですが、〇〇町を御存知ですか」

わからない、私もそのようなことで来た、こんな雪の中に、遊びに来るような人はいないでしょうねと言うと、タクシーに乗る番となった。タクシーの運転手は、前日の夜から雪が降ったと言う。


名古屋と新大阪の間を、年に二十回は往復するだろうか。冬の景色はいつも、米原と関ヶ原辺りが積雪でも、京都寄り、名古屋寄りになると雪は全然なし。快適な列車内から雪景色を見るのは好きだが、雪の生活は大変である。ドイツの雪の冬を経験したが、二十代後半の若い頃だったけれど、滑らないかと、コチコチになって歩いていた。歩いて駅まで行くのに、夏の倍以上の時間がかかった。

＊　＊　＊　＊　＊

私は列車の旅が好きで、諸外国で乗った列車の旅のエピソードを描いてみたい。風景が一変するのを眺めるのは楽しい。ヨーロッパの列車のように、通路とコンパートメントが分かれていると、他人に迷惑をかけずに歩くこともできる。

一番印象に残った列車の旅は、モスクワからチェコスロバキアを通ってウィーンまで行ったときのこと。モスクワからチェコの国境までは、行けども行けども見えてきたのは地平線だけだった。夏の荒野には、一面ひまわりが咲いていた。ひまわりの隅に、小さな小屋が一つ見える。ガチョウのような小動物も見える。ただそれだけの、のどかな田園風景だった。ひまわり畑は今のウクライナの地だろう。

ソ連（当時は共産圏のソ連だった）とヨーロッパの国境で、線路の幅が異なるので、車両をジャッキで持ち上げて、車輪の幅を変える。乗客は列車から降りる必要はなかったが、車両の幅を変えるのに二時間余りかかった。

チェコスロバキアに入ると、高い山が出てきて、風景は一変。車内泊で一泊したこの列車で困ったのは、歯を磨いたとき。車両の端にある洗面台の蛇口は、押さなければ水は出ないのだ。私はコップを持っていなくて、片手では水はたまらない。押していたノブを離して、さっと蛇口に片手を持っていくが、ノブを離すとすぐに水は止まる。こんなときにかぎって、蛇口は壊れていなくて精巧なのだ。

この教訓から、外国旅行をするときには、必ず軽いプラスチックのコップをいつも持っていくことにしている。歯磨きに使用できることはもちろん、発展途上国の物のない国での、コーヒーを飲むにも使える。

ウィーンに着くと、西側の最終大駅。東側からの人たちが乗り降りするので、他の西側の駅構内と雰囲気が異なる。職を求めて、繁栄している西ヨーロッパに来る人たちの姿が多いせいだろうか。共産圏が崩壊してしまった今では、どんな空気に変わっているだろうか、私は見に行く余裕がなくなり、浦島太郎になった。

第二に印象に残ったのは、インドレイルパスを使って、首都のニューデリーから、タージ・マハール、バナラシー、ブッタガヤ、カルカッタまで下って行った列車の旅。（詳細は「インド」の項を参照）

長距離列車を利用したのは、もう一つカナダ大陸の横断である。

トロントからバンクーバーまで、三泊四日。カルガリーの友人宅を訪問するので、最初カルガリーで下車。トロントからカルガリーまで、個室の寝台車に二泊した。個室は、昼間は長椅子のソファーがあって、目の前にトイレ、隅の角のところに、丸い小さな洗面台がある。夜になると、黒人の男性がベッドメイクに来た。ソファーの上の壁からベッドを出すのだが、トイレの上までかぶさる。トイレを使うときは、ベッドを壁に押しやらなければならない。

インドの鉄道駅

ドームという、列車の屋根の上に、ガラス張りの丸い温室のような屋根が付いていて、その中の椅子に座れば、パノラマのような雄大な景色が眺められる。草原しか見えない景色に、牛がのんびりと動いている。列車内の食事は食堂車で、朝昼晩と払っていくと、飛行機で移動するより高くついた。飛行機は、トロントとバンクーバー間で約四時間。食事時間に乗ると、無料で食事が出る。

カルガリー駅には夕方に行ってみたが、大陸往復の列車が行ってしまうと、人どころか猫の子一匹とていない無人駅。ヨーロッパはいろんな国を通って行くので、中央駅は昼夜人通りがあったのに、全く異なる様子の駅。

ロッキー山脈周辺の山と雪原を見たくて、カルガリーから列車で二時間のバンフの町におりた。レイク・ルイーズが美しいと聞いていたが、森の中の無人駅。駅周辺には店も家もない。タクシー乗り場もない。森の中で一人降りても、足の便がないので、バンフの駅で下車。そこから一日観光旅行に行くことにした。

バンフの駅は町の外れにあったが、街並みは間近に見える。バンフは三時間も歩けば、町の全てを見てしまったというような、小さな町。コロンビア・アイスフィールドは温暖化で雪が溶けかけていたが、キャタピラ付きのバスに乗って、雪の上を歩くと、太陽で眩しい。森の中の湖は、冷たそうな澄んだ緑色で、森の木々との調和は美しい。

バンフからバンクーバーまでは一泊で、セクションの寝台車（一車両に寝台が数個ある）をとる。昼間は下のソファーで外の風景を見ながら、夜になると、私のベッドは上部となったが、上部での服の脱ぎ着は座ったまま。天井に頭がつくので、立ち上がれない。

トイレは、この車両にいる他の乗客と共用になっていて、車両の端にあったが、男女別マークの付いた二つのトイレが並んでいた。

エジプトのカイロから、王家の谷のルクソールまでは、豪華夜行列車を利用。車両はドイツ製とのことで、合理的で素晴らしい個室だった。（「エジプト⑵」１４３ページ参照）
車両に一つついているトイレも、快適な空間。

マレーシアの列車も、シンガポール国境のジョホールバールまで乗ったが、一等車にはテレビが前と後ろに二台付いているので、二人掛け座席は半分が前向き、半分は後ろ向きになっている。

窓からは、ブーゲンビリアの赤い花が見え、森の中では木からゴムの樹液を採集している装置が見える。

この列車のトイレはひどかった。和式といったらいいのか、アジア式といったらいいのか、洋式便器ではない、和式と同じスタイル。ドアに鍵がかからない。男女共用。車両が揺れるたびに、ドアが震えるように動く。揺れる列車に、ドアを押さえて用を足すのは、至難の技。

引っ掛けるところはあったから、友人にはマレーシアの列車に乗るときにはトイレのドアを閉めるのに針金か、荷造り用の紐などを持って行ったほうがいいよと、私は忠告している。

アメリカは長距離列車は危険とのことで、あまり問題がない、ニューヨークからボストンまで乗った。出発する列車のプラットホームは出発五分前ぐらいにしかわからないし、郊外の駅では電灯のないプラットホームが多く、「ええ、これが先進国アメリカ?」と、私は驚いた。(「ニューヨークからボストンへ」「ボストンの町と電車」参照)

ヨーロッパの国際間を行き来する列車には、何度も乗った。夜行列車で簡易寝台を何度も使ったことがあるが、上段の寝台は、下へ転がり落ちないか心配する。一度下段をと切符を買うときに申し込んだが、乗ってみると、年配者が、いや私は下段を申し込んだと言い張るので、当時三十代前半だった私は、年配者に譲って上段へ登った。

落ちないかと心配する人は、ベッドの下にあるネットを向かいのベッドの下のフックにかける。貴重品が入ったバッグは、私と壁の間に置く。人の目が多い、四人部屋などを選ぶほうがいい。目が多いほうが、盗もうとする人も、誰かに見られていないかと盗めない。

ヨーロッパ以外の人向けのユーレイルパスは、若者用のユース・ユーレイルパスを除いて、一等車に乗れる。コンパートメントになっているので、背もたれを倒して、寝台にする(時々、倒せない車両もあるが)。国境に来ると、税関員が乗り込んで、パスポートの提示を求められ、車掌もその国の人と交替するので、切符の提示も求められる。何度も国境を越えると、両方を何度も見せることになる。

ヨーロッパの列車は快適な場合が多く、寝台車を利用しないで、ユーレイルパスを使って、ホテル代を浮かせたこともある。二、三か国を通過していく列車も多く、夜中にも走っているのだ。
私はオランダのアムステルダムで、夕方五時すぎのハンブルクへ帰る列車に乗り遅れ、夜七時すぎのドイツを通ってオーストリアのザルツブルクへ行く列車に乗り、翌朝七時すぎに着くミュンヘンまで乗って、それからハンブルクへ帰った。ハンブルクには夕方着いたから、帰りは丸一日かかったことになる。フランクフルトのほうがハンブルクに近いのだが、朝五時すぎ着は起きられそうになかったので、もっと先のミュンヘンまで行ったのである。

英国の列車は内側にノブがなく、私は降りるとき、ドアを開けられず慌てた。私の後ろにいた男性が、ドアの上部のガラス戸を下げ、腕を外に出して、外からノブを回して開けたのには驚いた。雨が降っているときは、腕が濡れる。
四人掛け席の、固定した前のテーブルが広いので、ゆったり書き物などができる。

南アイルランドで乗った車両は、一等車乗客は車掌が食事を運んでくれ、食堂車へ行く必要がなかった。好奇心旺盛な私は食堂車にも行ってみたが、殺風景な食堂であったから、一等乗客には、むさ苦しいところに出かけて来ないでいいよということかしらと、推察する。

最後に、一度乗ってみたいと思っているのは、香港から中国、ロシアを通って、ヨーロッパまでの長距離列車。きっと動物などを連れた乗客も一緒だろう。この列車の旅は快適そうには思えないが、興味はそそる。でも、年をとると身体が悲鳴をあげそうで、無理かもしれない。

もう一つ、豪華列車のオリエント急行で、ロンドンからイタリアのベニス（昔はトルコのイスタンブールまで行けたのだが）までの列車に乗ってみたい。アガサ・クリスティはこの列車内の殺人事件を書いている。正装用の服がいるらしいから、これは年配者にあっているだろう。

「国際理解」から「多文化共生」へ ― 四十年の社会変化

一九八〇年代は「国際理解」という言葉が、声高に叫ばれていた。専門家たちは本などの資料から解明を試みていたが、普通の人たちは、どうすれば国際理解になるのか、よくわからないでいた。

他国と接していない日本は、他の国の人たちの文化や生活、生き方や考えなどを日常生活の中で見聞きすることもない。そのかわり摩擦などから、問題を抱えることも少なかった。私はそのときから一般の人たちが色々な国の生活や文化、考え方が物語からわかるように、翻訳児童文学「世界の子どもたち」（英語、中国語、フランス語、ドイツ語、韓国語、スペイン語、デンマーク語、ロシア語、ポルトガル語など）の同人誌を始め、もう現在は役目が終わったかなと思ったりしたが、細々と続けている。

私は一九七〇年代前半に英国とドイツ（当時西ドイツ）に四年ほど住んでいたが、日本は今ほど豊かでなかったから、その間一度も日本に帰れなかった。

日本に帰国後すぐ、出国したときと社会環境があまりに違っていたので、日常生活に慣れるのに二年かかった。まず貨幣価値のギャップが大きかった。「えっ、五百円もするの？」と私が驚いて母に言ったら「何言ってるの。五百円なんて当然じゃないの」と反論された。今ではそれが何の物品だったか忘れてしまったが。その後、五百円札もコインに格下げとなった。

大学の先生たちは昔から欧米のことをよく知っていて、レディファーストでと気を遣ってくれた。しかしあるとき、押したり引いたりするドアを、手一杯押して開け、「どうぞ」と言われたが、先生がドアに張りついて、狭い空間を私が通らなければならず面食らった。欧米のやり方はドアを引いて、「どうぞ」だったから。理論だけしかわかっていない、実際のやり方は知らないのだと気づいた。

あるとき大企業ではなかったと思うが、素晴らしいビルの企業に用事があった。人の少ない広いフロアーでエレベーターを待って、ドアが開いたので乗ろうとすると、年配で企業の役員らしい男性が、若造の女性が先に行くとは失礼だと言わんばかりの態度で、押しのけるように後ろから先に乗り込んだ。私は子ども、老人、体が弱った人が先に乗るのは当然と考えているが、あとの人は女性であろうと男性であろうと、前にいる人から乗ればいいと思っていたから、当惑した。もちろん英国もドイツもレディファーストだったが。

そのことを話したら、高齢の男の先生は「私はフランスで、後ろから知人のフランス人に背広を引っ張られた」と言う。女性がいるのに、先に乗り込もうとしたからだ。

企業の通訳を何度かしたが、女性が先に車に乗らなければ、欧米の男性たちは乗れない。中小企業の人たちはお客様より私が先に乗ると、皆渋い嫌味な顔をしたが、私が乗らなければ車は走れないのだ。言葉より文化の違いを説明しなければならない煩わしさがあった。大企業の人たちはすでに外国のことをよく知っていたから、そんなことどうでもよく気にしていなかった。

四十年前にドイツも英国もエコ包装だった。日本の百貨店ではいつも箱やらきれいな包装をしてくれた。贈り物なので箱に入れてきれいな包装をしてほしいと頼むと、英国もドイツも、箱は箱ばかり向こうで売っているし、包装紙はあっちと自分で買って自分でするようにということだった。自分で使うものに、箱も美しい包装紙も捨てるだけで無駄。日本に帰ってから友人にそのことを話すと、「そんなことをやっているから、ヨーロッパは経済が下り坂になっているのだ。日本のように、買って捨てて経済を循環させなければ発展しない」と反論された。今では日本も皆エコロジーを真剣に考えるようになっている。

発展途上国から先進国へは、階段を一歩一歩ずつしか上れないのだろうかと考えるようになった。ジャンプはしていない。

ドイツは一部のスーパーマーケットで、商品の入ったダンボール箱の上だけ開け、あとはそのまま陳列もせず、積み上げるように置いてあった。賃金の高い人手を使わない方法。商品は安くなる。これは日本で真似しているところはないようだ。

私が英国、ドイツに住んだ後でなければ気にもしなかったことばかり。異文化の人たちの数が二〇パーセントを越えると、摩擦と混乱が起こると言われている。

二〇一五年末から二〇一六年初めにかけて、二十一年目になる越年越冬の炊き出しのボランティアに初めて参加したが、始まる前のミーティングで、次のような注意書きをもらった。

『必要以上に近づいたりつきまとわないでください
体をさわらないでください
体形や年齢のことでからかったり、いやらしい言葉をかけないでください
家族のこと、恋愛や結婚など、プライバシーに関することを、ムリに聞き出そうとしないでください
断りなく個人の写真を撮らないでください
名前がわからないからといって、「オイ」とか「コラ」とか呼ばないでください
「若い女の子に渡してもらった方がおいしいからね」といったような言い方もやめてください
年が上だったり、経験があるからと、えらそうに命令しないでください』

私の若いころ、この文章のようなことはよくあった。聞き流したり適当に無視したり、くよくよ悩んでいたら生きていかれなかった。こんな問題を起こしていたのは、ほとんどが男性だった。日本男性は心の機微に疎かったのか、女性の気持ちなどどうでもよかったのか。今は皆繊細で優しくなった。

長い行列で並んでいても、日本では前後の人たちと話すことはほとんどない。欧米ではいろん

な民族がいるが、簡単に「寒いので、長く待つのは辛いね」とか、「雨がよく降るね」とか、たいしたことない話題で声をかけ、それからもっと話を続けることもある。

エレベーター内でも知り合い以外、挨拶をすることはほとんどない。〝沈黙は金〟〝人を見たら泥棒と思え〟の諺があるためか、今まで同民族が大半なのに、日本人は知らない人に話しかけることは苦手だった。

日本も豊かになり、一九八四年頃から旅行やら留学や会社関係で外国に出る人が多くなり、様々な生活や考え方、生き方を自分の眼で見ることができるようになった。私が当惑したり、驚いたりしたことは今ではもう大半の人が知っているし、問題が起きることも少なくなっている。

豊かになった日本に働きに来る外国人が増え、また日本で学ぶ人も多くなり、今は「多文化共生」の言葉が行き交っている。

私はヨーロッパへ三十年近く行っていないので、英国やドイツの変わりようは断片的にしかわからない。今は浦島太郎の心境である。難民受け入れ問題などは、友人からの便りによると、数の多さに社会状況の悪化を心配しているとのこと。国境の壁の変化は著しい。

私の人生も残りわずかになってきた。今まで好き勝手なことをしてきたので、最期は人の役に立つことをしたいと、外国でも日本でもボランティア中心の生活をしている。

最近はネパールの子どもたちの教育支援（ＮＧＯ）のため、何度かネパールへ行った。三十年前に初めてネパールへ行ったときと、変わったのはオートバイの多さである。三十年前には車がちらほら走っているだけで、オートバイを一台も見たことはなかった。三十年前、女性の服装はサリー中心で、ズボン姿の私が可笑しいのか珍しいのか皆じろじろ見ていたが、今では若者たちはジーンズ姿も多く、私の姿も特異でなくなった。首都カトマンズ近辺で、一階が鶏小屋、二階が住宅だった家も、一階が応接間の立派な住宅へと変わっていた。

田舎へ行けば行くほど貧しくて、教育が受けられない子どもも多く、金持ちでない私たちがコーヒー一杯我慢して、助けられる教育費や制服の補助をしている。日本のような義務教育制度はなく、最低限の何年かを学校へ行くことができれば、字が書けるようになり、身売りとか騙されることも少なくなるだろう。識字率は五〇パーセント以下なのだ。

山の中の盲導犬訓練所

私自身は犬も猫も好きでも嫌いでもないが、飼ったことはない。友人知人たちは犬を飼っていたり、猫を飼っていたりと、可愛いがりようは人間の子ども以上の人もいる。私は自分の生活だけで精一杯なので、時々友人知人の行動には信じがたいものがある。

一人の友人は、旅行などで留守をするとき、犬専用のホテルに連れて行き、冷暖房付き一泊一万円を払う。私が旅をするとき泊まるホテルより高い。動物病院に頼むと安いらしいが、犬猫が神経質になるらしい。きっと動物病院には、病んだ犬や猫たちばかりいて、気持ちが不安定になるのだろう。

犬や猫を飼っている友人たちを訪れると、いつもそこの犬や猫は私を好いてくれる。犬の嫌いな人が来ると、その人が帰るまで吠えると言うが、私にはすぐ慣れて、顔などをなめに来る。猫も擦り寄ってくる。私は時々噛まれないかと怖くて、頭を撫でることもしないが、犬好きな友人はどの犬にも頭を撫でる。きっと犬にも気持ちが伝わっているのだろう。

同僚の七十歳近い男の先生は、ひどく犬嫌いだった。小学生のとき脚を噛まれ、それ以来犬が嫌いだと言う。

学校から駅まで歩いていたとき、私の右側にいたのに、急に左側に移ったので、私は「えー、どうしたの？」とびっくりしたら、前から中年の女性が首輪にリードを付け、犬の散歩をしていた。先生は犬が自分の近くを通るのが怖くて、避けたらしい。小型犬の散歩に出会っても、畦に上ったりしている。

あるときは、家の塀の中から吠える声がする。私が一人のときは吠えないのに、その先生と一緒に歩くと、毎回吠える。少し離れていても、怖がっているのが気配で感じられるのだろう。「覚えておいてよ。ここをいつも歩いているでしょ」と私が怒鳴ったら、吠え声は止んだ。

先日、大阪南河内郡千早赤阪村の、日本ライトハウス盲導犬訓練所を見学した。

前日に降った雨で、落葉は濡れていて、舗装された急な坂を滑らないように、慎重に歩いた。近道を通って五分ほどで到着したが、五分ばかりで息が切れ、いい運動になった。急坂を歩けない人たちは、小型の車で少し遠回りして上る。

門を入ると、赤いカラスウリの実が、緑の木の中で強烈な存在感を示していた。

盲導犬の犬たちは、とても温厚で賢い。盲導犬には人間を助けるにちょうど良い大きさの、ラブラドール犬がほとんどで、ラブラドール犬は温厚で仕事好きだし、人も好きである。盲導犬に適する犬を繁殖させて、訓練するらしい。どの犬でも訓練したら、盲導犬になれるのだと私は思っていた。適性があって、盲導犬になれるのはそのうちの三割だそうだ。人間社会の選別より厳しい。盲導犬として仕事をするのは、約十年。十年間の緊張した仕事が、犬たちに長いのだろうか、短いのだろうか。

デモ（デモンストレーション）犬として、広報活動している犬を連れてきてくれたが、賢くて一人ずつ皆のところを回って、適当に戯れて頭を撫でてもらっている。

この犬なら、犬嫌いでびくびくしていた同僚の先生にも、きっと吠えることもしないだろう。先生とこのデモ犬を対面させて、犬の反応を見たい気がしたが、先生は六、七年前に亡くなっている。

誉めるときと、叱るときは、声の調子もはっきり区別するようにとのこと。やさしく叱ると、犬は叱られているのかわからないそうだ。訓練士のその言葉に、怖い顔のドス声を思い浮かべて、私は笑った。

生後二か月から、訓練をはじめる一歳までの約一年間が、犬が可愛いし、飼うのが楽しそうだ。その間パピーウォーカーとして、ボランティアの家族で飼ってもらい、そこで名前をつけてもらうそうだ。犬への命令は、男性言葉、女性言葉がない英語で行う。家でのコミュニケーションは、日本語でいいとのこと。

私たち人間が食べるものを、食べさせないでほしいと言われた。食べさせなければ、犬たちが自分たちの食べる物ではないと考えるらしい。一度食べさせると、それからはくれないとストレスになると言う。

以前友人のところでケーキを食べていたら、犬がくれと吠えるから、友人は自分のケーキを少しやり、「これだけよ」と言ったが、またほしいと吠えまくっていたのを思い出し、訓練士の説明に納得した。人間が食べるものはおいしいし、その味を体験したものは忘れられない。

訓練所には、犬の墓が二か所あった。一つは仔犬のもので、〝祈り　天使たちにやすらぎを〟と石に刻まれて犬の絵があった。成犬で亡くなると、〝わが友ここに〟と書かれ、犬の彫刻は逞しく仕事をしている姿だった。

自然一杯の中での犬の生活は、嗅覚にも動作にもやさしい。とは言え、私は田舎の家のことを思い出し、木が多いと夏にはムカデが多いだろうし、色々な虫に悩まされないかと心配する。でも、車の多い大都会は空気も悪く、危険が大きいから、虫ぐらいは愛敬かもしれない。動物、虫、人間の共生は、地球上で住む限り自然の成り行きだ。

山を降りたところに、最近できたという資源ゴミの集積所があり、自然の美が損なわれ、人工の汚物の山々に、澄んだ空気が濁ったような感じをうけた。

一期一会

月に一度は大阪と名古屋を新幹線で往復して、七年がすぎる。新幹線の中で知らない人と話すことは、日本ではほとんどないが、先日若い女性に話しかけられた。この車両は禁煙車ですか、喫煙車ですかと彼女は尋ねたのだが、私が禁煙車ですよと答えると、喫煙車は吸わなければ損のように皆タバコを吸っていると言う。

私も一度空いた席があれば、喫煙車でもよいと喫煙車両にすわったら、車両一杯煙がもうもうとあがって、十分もしないうちに目はチカチカ、咳き込みそうになった。それからは空いている席があっても、喫煙車にはぜったい乗らないことにしている。最近、喫煙車両がなくなり、健康的になった。

さいたま市から妹を訪ねて初めて大阪に来たが、日帰りでさいたま市に帰るところだ、とその女性は言う。

「大阪は見学するところがあまりないから、京都へ行けばいろいろ歴史的なものがありますよ」と私は言って、金閣寺だとか、二条城とかをあげて、奈良にも簡単に出かけられると言うと、「妹に会うためだけに来たのに、妹は帰ってくれと言うので、少しの間しか大阪にいられなかった」と、何か心にわだかまりのある様子で言う。

「妹さんのところに用事に来たのですね」と私が言うと、

「世の中はどんどん悪くなり、ナムアミダブツで皆が救われる」とか言いながら、彼女は宗教新聞を出してくる。

「どんな宗教にもいいところがあるが、あまり宗教に凝り固まらないほうがいいですよ。無宗教だと言ってる人でも、歳をとると、神社や寺に参るようになるようだけど」と私が言うと、

「私が子どもの頃、父が出て行って、母と妹の三人暮らしで育った。不動産会社に就職したが、醜いところばかり見てしまって。結婚したが、夫ともうまくいかず離婚して……。この宗教で心が穏やかになった。妹にもすすめているが、妹は怒って受け入れてくれない」と言う。

「私はカトリックだけど、アメリカへ行ったとき、アメリカ人のカトリックの友人が、カトリック教会で貧しい人たちに物資を配っていて、その詰め合わせを手伝ってほしいと言われ手伝いに行った。一人用から五人家族までの物資、例えば二人用だと、バター一個、コーンフレーク二個、缶詰のスープ二個、洗剤はナイロン袋一杯などなどを箱や紙袋に入れて、取りに来た人たちに渡していた。物資は企業の寄付とのことだったが、景気が悪くなると寄付が少なくなるとのこと。毎週二回、月末と月初めには週四回配っていると言っていたけど、日本ではこんな組織はないですよね。日本では困ったらまず親に頼んで、次には兄弟姉妹、親戚、友人と頼むのでしょうね。欧米では遠くに住んでいると、親でも難しいことが多いので……」と私が言うと、彼女は熱心に耳を傾けていたが、それに対して何の返答もしなかった。

「あなたが信仰してもいいが、妹さんまで押しつけないほうがいい」そう私が言うと、時間は

あっという間にすぎ、外の景色は家が建て込んで、名古屋近くになっていた。

名古屋に着くというアナウンスで、私は急いで立ち上がり、「お元気で」とだけ言って別れたが、真面目で利発的な気のよさそうな若い方だったから、これからの長い人生、波乱万丈ではなく、小さな波風ぐらいの生活がおくれることを祈っている。もう少し長く話すことができたら、もっと何か生き方の参考になることが伝わったかもしれないのにと悔やんでいる。

それにしても、欧米ではこんな行きずりの会話と出会いが多く、楽しい雑談の中から、日常の常識の見方や生き方など、得ることがたくさんあったが、日本では滅多にない。

人生の旅路

若い頃よく外国への旅をした。日本では全く考えられないような生活や文化に接することができて、いつもわくわくした。英国とドイツには、四年近く住んでいた。

指で数を数えるのに、ヨーロッパの国々と日本では全く異なる。日本はパーの手をして、親指から人差し指へと順に折って、一、二、三、……と数えるのに反して、ヨーロッパ諸国は、グーをした手を親指から人差し指を順に立てて、数えていく。

親指と人差し指で丸をつくると、日本はお金。OKを意味する国は多いが、アフリカの国（どの国だったか忘れたのだが）は、あなたを殺したいという意味。

ヨーロッパ諸国の家々では、家の中は靴をはいたまま。日本のように家に入ってすぐ、靴脱ぎ場のコーナーがあるのは、見たことがない。「玄関の外で靴を脱ぐの？」と訊くから、「外だと雨でぬれるじゃない。中にコーナーがあって、家の中は高くなっている」と説明する。公の場でも靴を脱いで中に入るのだと、ドイツ人の年配者に話すと、一番後で出てきたら、古い靴しか残ってないのではと訊かれた。最近では靴のままのところが多くなっているが、日本人は貧しいときでも、他人の新しい靴をはいていくことはほとんどなかった。

カナダやネパールの友人たちは掃除が楽だからと、玄関に入ったところで段差はないが、靴を脱いで室内履きに変えている。

レディファーストのヨーロッパ諸国は、同じ窓口に並んでいても、女性は先にどうぞと言ってくれるので、気分が良かった。

若い頃は力があり、重い荷物も持てたが、それでもバスなどを降りるときには、見知らぬ男性が荷物を持って下ろしてくれることは度々あった。日本では今でも、バスでちょっとした障がい者の介助も、見知らぬ女性がやっているのに、近くに男性がいても、助けようとしない。気がつかないのか、わざと避けているのかと勘繰りたくなる。

田舎に行くときに高速バスに乗るが、トランクルームにスーツケースを出し入れするのも、運転手はやってくれないことも多い。飛行場へ行くシャトルバスだけは、必ずやってくれるのだが、外国行きだけ特別だと、考えているのだろうか。

バスのトランクルームに、自分でやれと書いてある。まあ、ヨーロッパ諸国ではチップをやらなければならないので、日本は手伝ってくれてもチップはいらないから、余分な仕事をしたくないのだろうと、これも悪い方に考える。

しかし、日本は治安の良いのを自慢できる。昔から夜遅く女性が一人歩いていても、問題がなかった。貴重品を抱きかかえるようにして、歩く必要もない。道路で立ち止まって地図を広げても、お金を狙おうとする人もほとんどいなくて、問題はない。そのかわり、「何かお困りですか」というヘルプの問いかけは、ほとんどないのが残念である。

イスラム国では女性の一人行動はできず、若いとき、ブルネイに旅をしたいと考えたができなかった。当時団体ツアーもなかったので、行くのを断念した。観光地はほとんどないが、金持ちの国のイスラムの人たちの生活を見たかったのだが、友人と行くことができたのは何十年も経ってからだった。

日本全体が金持ちになって、海外生活を体験したり、旅行などで他の文化を見聞きできるようになり、思考や生活パターンがどんどん変わっている。

七十年も生きていると、いろいろな問題があり、大きな問題に直面することはなかったが、小さな問題は時々あった。その対応でしんどいこと、忍耐が必要なことも多々あったが、なるべく一つのことに執着しないで、頭を切り換えるように、良い方に考えを向けた。

感情的な行き違いやぶつかりも多々あった。反論するか、沈黙するか。私は気にしないように心がけたが、繊細な人たちは、私の言葉に傷ついていたかもしれない。声を荒げることもなく、忍耐強く説得できる人を見習わなければならない。私は忍耐強くないと、いつも後で反省している。

仕事を辞めて、時間がゆっくりしてくると、そんないろいろな過去の出来事が時々ふっと浮かんでくる。忙しいときには、過去を振り返ることもなく、前ばかり向いていた。しかし、たくさんのいい友だちに恵まれたから、貴重な助言や手助けももらえ、私の人生は豊かになったのが嬉しい。

人生百年の時代になった。私は百年も生きたくないし、生きられないと思っている。でも平均寿命までは生きたいが、身体の故障や認知症が怖い。女性の健康年齢は七十五歳。だが、これもこれから延びるだろうか。

七十一歳で耳の不調におちいった。NGOの仕事でネパールへ行った帰りの飛行機で、気圧の影響で耳の辺りに水が溜まり、すぐ耳鼻科へ行って、水を抜いてもらったが、老医師に「キャビンアテンダントは風邪を引いたら、飛行機に乗りませんよ」と叱られ、そのあと聴力はがくんと悪くなった。

聴力が悪くなって良いこともある。国道二号線横の歩道を歩いていて、高級スポーツカーが爆音をたてて走っていく音にびくつくのが軽減した。電車の中で大声で騒ぐ小さな子どもの声も、以前は苛立ったが、心臓にも頭にもあまり響かなくなり、苛々はなくなった。しかし、講演や話し合いなどで、かなりの部分が欠落するのは困る。眼が悪くなっていないので、書き物が出ていれば問題ないが、追加の口頭部分が聴き取れなくて、変更になった時間を知らずに早くに行ったこともある。

高価な補聴器を使っているが、静かな場所での二人の会話は問題がない。しかし周りが騒がしいと、レストランに座った向かいの友人の言葉が掬いとれない。会議や会合でも、人によって大きな声はキンキンと響き、はっきり発声しない声はモゴモゴと聞きとりにくい。自然の耳は、これらをうまく捉えることができるからすごい。

七十歳まで生きられなかった友人知人もかなりいる。七十歳以後は、余分の人生と思って、少しでも人の役に立つことをしたいと考えている。

あとがき

気候の異常が多くなり、川の氾濫、土砂崩れ、昔は大きな竜巻はなかったが、竜巻の被害も増えた。地球が病んでいる。人間がおこす戦争も増え気味で、無くなりそうもない。人間の知恵は役に立っていない。

日本社会も変わってきた。ヨーロッパの美しい景色に外国人の観光客は多かったが、一九九〇年代までは、日本の観光など成り立たないだろうと、私は思っていた。一部歴史的な美しい景色はあったが、観光の整備も悪く、トイレも汚かったから。二〇〇〇年頃から、観光地はもちろん田舎までトイレはきれいになり、表示もわかりやすくなり、外国人も特異な文化を見たいとたくさん訪れるようになった。

日本の若者の行動も違ってきた。大学を出てすぐボランティアをはじめたり、起業したり、会社に勤めるのが第一ではなくなった。世の中はめまぐるしく動いている。私は高齢になり、身体の故障が多くなって、若い頃のようには動けなくなった。

インドを一緒に旅した友人は、二〇二四年一月に三十七年振りにインドへ行ったが、「経済は良くなっているようだが、街の雰囲気は三十七年前と変わっていなかった」と言う。国土が大きくて、変革にも時間がかかるのだろう。

「現代文芸」「らぴす」「プライム」などに発表した作品の一部であるが、体験したものを纏めることができたのは嬉しい。キャンレイルパスを使って、雄大なカナダ大陸を東から西へ横断したカナダの旅はどこの本に書いたのか、みつからず残念ながら入れることができなかった。

出版に関しては㈱竹林館の左子真由美氏にお骨折りいただいた。深謝します。

二〇二四年　春

後　恵子

著者略歴

後 恵子（うしろ けいこ）

1945年生まれ。関西学院大学卒。英国オックスフォード大学、ドイツハンブルク大学留学。大阪経済大学、神戸学院大学、神戸芸術工科大学、愛知工科大学、愛知大学などで教える。
英語・ドイツ語の通訳：国際技能大会、国際電子顕微鏡学会、国際高速鉄道総会など
翻訳児童文学「世界の子どもたち」主宰、詩誌「RIVIÈRE」「プライム」同人、Hope Japan（NGO）元代表

著　書：『ヨーロッパの生活と文化』『ネパールの生活と文化』
詩集『ファラオの呪い』『文字の憂愁』『レクイエム』『カトマンズのバス』
『地球のかたすみで ── モザイク都市』（共著）
翻訳書：世界の子どもたちシリーズ (1)『風がわりなペット』(2)『ゴゴは踊るラバ』(3)『どうぶつのなる木』、『アジアのおはなし、読んでみよう』
『手回しオルガン弾き』（低ドイツ語訳詩集）『秋の構図』（共訳）ほか
編注書：Francis King, *Hard Feelings and Other Stories*
Jean Rhys, *Sleep It Off Lady*　ほか

人生は旅
── 生きる知恵を学んだインド、アメリカ、イスラエル、日本など

2024年4月1日　第1刷発行

著　者　後　恵子

発行人　左子真由美

発行所　㈱ 竹林館

〒530-0044　大阪市北区東天満2-9-4　千代田ビル東館7階FG
Tel　06-4801-6111　Fax　06-4801-6112
郵便振替　00980-9-44593
URL http://www.chikurinkan.co.jp

印刷・製本　モリモト印刷株式会社

〒162-0813　東京都新宿区東五軒町3-19

ISBN978-4-86000-513-9　C0095

定価はカバーに表示しています。落丁・乱丁はお取り替えいたします。